KB252691

나의 희망을 받아주세요

후지산의 달 아래, 우리가 나눈 기적에 대하여

백준혁 지음

no book

목차

1. 이름 따라 가지 못하는 아이

　나는 원래 세상의 중심이 되어야 할 사람이 아닌가 가끔 생각하곤 한다. 그럴만한 이름을 가지고 태어났으니까. 내 이름은 가온, 성가온이다. 순우리말로 가온이란 '세상의 중심'이라는 뜻으로 좋은 흐름과 기를 가지고 세상을 향해 유영하며 자연스레 중심이 되라는 의미로 내가 세상에서 가장 좋아하는 사람이 지어주었다.

　그러나 원체 작고 약하게 태어난 게 문제인지, 아니면 태어난 이후의 환경 탓인지 그것도 아니라면 어쩌면 운명일지도 모를 이 현실에 세상의 중심이라는 이름은 그저 낡은 이름으로만 남게 되었다. 이름을 지어주셨을 때 엄마는 내가 이렇게 되는 것을 원치 않으셨던 게 분명한데, 아니 그저 모든 것이 이리 되지 않기를 모두가 바라왔을 것이고, 이리 무너질 것을 몰랐을 것이다.

　그도 그럴 것이 무섭게 보였던 성장세를 비웃듯 빠르게 파산한 아버지의 회사와 나를 자신과는 다르게 키워내 보려 낮에 자고 밤에 깨어있는 직업을 택한 엄마의 고된 노력은 말 그대로 지금의 나를 있게 해주었다. 더 이상 술 없이는 입을 열지 않는 아버지를, 고된 밤일의 결과로 몇 년째 몸져누운 엄마를 맨정신으로 매일을 그저 바라볼 수밖에 없는 나를 있게 해주었다. 때로는 환상 속에 살아가기도 한다. 술이 없는 세상, 폭력이 없는 세상, 아픔이 없는 세상, 엄마가 환하게 웃는 세상으로서 때때로 환상 속에 살아간다.

아니, 사실은 매 순간을 환상 속에 살았다. 내가 철이 든 열두 살 무렵, 그 겨울날 밤을 난 아직도 기억하니까. 처음으로 아버지가 엄마를 때렸던 그날 밤, 추운 바람에 몸이 떨려왔던 것이다. 절대로 무서워서 몸이 떨려온 것이 아니다. 굴복하고 싶지 않았기에 그저 눈과 눈을 맞췄을 뿐이다. 내가 세상을 살아가는 유일한 이유인 엄마가 그리 말해줬으니까. 이유 없는 폭력에 굴복하면 바보라고, 내가 제일 좋아하는 그 사람이 그리 말해준 기억이 있기에 그저 눈을 깔지 않았다.

안다, 돌아온 것은 주먹과 발세례뿐이었긴 해도 그날 밤 엄마 대신 맞은 것으로 퉁 치면 되는 거니까. 그런 와중에도 당장에 엄마는 출근을 해야 했으니까. 내가 대신 맞는 것이 차라리 낫다고 생각했기에 맞는 동안 마음만은 편했다. 잠시 동안은 말이다. 그날은 처음 본 게 참 많기도 하다. 말이 없긴 해도 사람 자체는 인자하고 따뜻했던 그 아버지의 돌변한 악마 같은 모습이, 어느 때에도 이겨내리라는 마음을 가지셨던 엄마가 흐느껴 울던 모습이, 문을 두들기며 신고를 했던 이웃 아저씨의 다급한 목소리가. 그날은 처음 보고, 처음 느낀 것이 많았다.

또한 그날을 기점으로 바뀐 것도 많은데, 가령 아버지가 술을 마신다 치자. 이전엔 그저 조용히 울거나 잠에 들었던 반면 엄마를 때리거나 나를 때리는 일이 달에 열일 꼴로 늘어난 점과 이제는 어떠한 희망적인 말은 일절 하지 않고 낮에는 시체처럼 그저 주무시는 엄마. 바뀐 것은 나 또한 마찬가지다. 어느 순간 깨달았는데 내가 전혀 웃지를 않는다는 것. 정말 말 그대로 그 어느 때에도 내가 웃지를 않는다. 매 식사가 라면이라든가 편의점의 제일 싼 삼각김밥이어서 그런 것일 수도 있고, 기생수(기초생활수급자)라며 놀려대는 학교의 그 애들이 몸서리치게 지겨워 배움의 기회를 놓쳤기에 웃는 때는 언제인지, 즐길 때는 언제인지를 배우지 못해서 그런 것일 수도 있다.

그것도 아니라면 엄마와 내 앞으로 본인의 빚을 두고 도망친 아버지 때문일 수도 있겠다. 사람이 가장 무력해질 때가 언제인지 아는가? 내가 생각했을 때 그건 바로 할 수 있는 것이 아무것도 없을 때. 그때 사람은 가장 무력해지고 비참해진다. 적어도 내 기준에서는 그렇다. 그걸 일찍 깨달았기에 나는 내 앞가림을 할 정도의 페이를 벌며 전단지를 돌리고, 그 페이는 엄마의 밥값으로, 통신비로, 그중 조금은 내 식비로 나간다.

일상적인 돈에서만큼은 무력해지기 싫어 전단지를 돌리며 조금이나마 벌고 있지만 내 앞에 있는 빚은 삼천오백, 엄마는 무려 일억이다. 어느 때부턴가 집을 찾는 손님은 정장을 빼입은 남자들밖에 없었고 나는 바닥을 보며 걷는 것이 당연해졌다. 웃기다면 웃긴 일이다. 이름 따라 가는 이들은 많을 텐데, 어째서 난 뜻 좋고 특별한 이름을 지니고 이 세상에 태어나 이런 꼴로 마지못해 살아가는지.

교회? 절? 안 가본 곳이 없다. 물론 여러 신을 모시진 않지만 적어도 누군가를 의지하지 않으면 몸보다 마음이 먼저 무너져 내릴 것 같았으니. 종교 시설마다 가서 기도를 해보고 참배도 해봤으며 심지어 없는 와중에 모금 단체에 조금이나마 기부도 해봤다. 그러나 돌아오는 것은 독촉이란 이름의 협박과 배가 고픈 현실, 또한 무기력하고 암담한 부모의 아픔을 그저 바라만 보는 것만이 돌아온 것이라면 돌아온 것 같다.

나는 그저 바랄 뿐인데. 정말 나를 위해 돌아가신 예수님이 계신다면, 진정 어려운 이를 위하는 예수님이 계신다면 그냥, 그냥 엄마만 좀 어떻게 구해주시면 안 되겠냐고 마음속으로 바랄 뿐이다. 엄마가 웃으면 나도 웃을 수 있을 것 같아서, 또한 내가 살기 위해서. 내가 세상에서 제일 사랑하는 사람이 웃는 모습을 단 한 번이라도 보면 죽어도 여한이 없을 것 같아서. 이름 따라 가지 못하는 나는 하염없이 기도만 드린다. ……교회는 밥이 나오기도 하니 말이다.

2. 우리 가온이는요

알고 있을 것이다. 우리 가온이가 어떤 삶을 살아왔고, 살아가는지를. 과연 가온이의 잘못이 있을까? 아님 그 아이의 엄마 유선화의 잘못은? 그것도 아니라면 아버지라는 이름도 아까운 성석환이 저지른 잘못은?

인생은 수많은 잘못과 뉘우침, 그것에 따른 깨달음과 성장, 또한 배움으로 가득 차 있는데 어리석은 자는 경험을 통해 배우지 못하는 자, 대단한 사람은 경험에서의 고통을 통해 성장하는 사람. 우리 가온이는 경험을 통해 배운 것은 있지만 성장했다고는 하지 못한다. 어쩌면 세상은 돈이 전부라는 것과 세상에는 각각 계층과 급이 분포해 있다는 것, 어려운 상황을 나름대로 이겨 나가는 것 등 배운 것들은 많지만 결코 성장하진 못했다.

그 애는 좌절에 너무 익숙해져 있거든. 자신뿐 아니라 주변 가장 가까운 이들이 겪은 좌절의 연속과 그 과정을 수도 없이 봐온 가온이는 철이 든 무렵부터 좌절이 당연해졌다. 이겨 내온 것이라 말하긴 어렵고 버텨내 온 것이다. 성장했다 말하기엔 애매하고 깨달았다 하는 것이 적당하다.

지금 성가온이라는 사람은 성가온이 정한 세상을 버티는 기준, 무너질만한 상황에서 정신을 부여잡는 방법 등 이러한 것들을 그간의 경험으로 터득했다. 그 결과 가온이는 스스로 감정을 죽이고 있다. 사람은 견디지 못할 만큼의 슬픔이 다가오면 본능적으로 그 슬픔을 부정하고 회피함으로서 어느 정도 정신을 부여잡고, 갑자기 들이닥친 변수와 충격엔 대비하지 못했기에 빠르게 생각을 굴려 그 상황 안에서 최선의 방안을 생각해 내 행동에 옮긴다.

그러나 그 행동은 그 상황 속에서만의 베스트. 지나고 보면 더 잘할걸 후회하거나 시간을 되돌리고 싶어 한다. 이러한 일들의 공통점은 '대비하지 못함'인데, 가온이는 애초에 어떠한 좌절과 충격이 와도 대비는커녕 데미지조차 입지 않도록 기쁨 슬픔 분노 쾌락 등 감정을 억제하고 죽이며 나름대로 생존해 온 것이다. 그 애가 자라온 환경 또한 한몫했다. 반복되는 정신적 충격과 PTSD, 슬픔 속에 너무나 지친 가온이는 나름대로의 답안을 생각해 낸 것이다.

"차라리 감정을 죽인다면 그 어떤 것도 느껴지지 않을 것이 아닌가?"

그러한 상황 속에서도 어떤 빛 한 점이 가온이의 마음 깊은 곳에서 빛나고 있었는데, 어릴 적부터 지금까지 책이 다 닳도록 읽고 또 읽었던 일본 어느 유명 작가의 책 속에 그려진 거대한 후지산의 일러스트. 가온이의 눈에는 그 후지산으로 말미암아 어떤 고양감과 아름다움, 장황하고 거대한 후지산의 모습이 너무나 강렬하고 담대하게 보였기에 언젠가, 자신이 죽기 전에는 꼭 한 번 '저 거대한 설산을 오르고 싶다'라는 목표이자 꿈이 생겼다.

주변의 풍경을 다 가리고도 남을 후지산의 크기부터 믿기지 않는 높이, 마치 흰색 물감이 칠해진 듯한 설 봉우리. 가온이는 어느샌가 후지산을 오르는 상상을 엄마가 웃는 모습을 상상하는 것과 동일할 정도로 하며 조용히 꿈꾸게 되었다. 우리 가온이는 소망한다. 언젠가 저 높은 설 봉우리 위에 우뚝 서서 아래로 펼쳐지는 눈밭 위로 그 모든 아픔과 설움, 괴로움과 슬픔을 몸과 함께 내던져 차갑지만 따스한 설산의 눈 아래로 떨어져 스스로 모든 것을 끝내겠다고. ……아무런 후회 없이 말이다.

3. 단 하나의 버킷리스트

금전. 모든 것의 해결점인 금전. 돈은 내게 있어 정말로 징한 것이다. 끝이 보이지 않는 빚의 막막함도, 당장 몸을 건사하기 위한 의식주도. 언젠가 하나뿐인 버킷리스트 후지산을 오르기 위한 수단도 결국 돈인 것이다. 오늘도 하루 종일 전단지만 돌렸다. 늦은 시간, 식탁에는 햇반과 장조림, 스팸과 함께 편지가 놓여 있다.

"일 나갔다 올게. 가온이 밥 거르지 말고 차려놓은 거 다 먹고 먼저 자."

평상시 엄마의 루틴이다. 출근 전 늦은 저녁밥을 짧은 편지와 함께 조촐하게나마 차려주시곤 일터로 나가신다. 항상 나의 루틴이다. 밥을 천천히 먹으면서 그 책을 읽는 것. 특히나 좋아하는 후지산과 기찻길이 그려진 89페이지에 멈춰 그림의 곡선 하나하나를 감상하듯이 보며 밥을 먹는다.

89페이지에만 색이 칠해져 있다. 그것도 후지산의 모습이 홀로 그램으로 아름답게 색이 칠해져 있다. 나는 이 파스텔 색감을 아주 좋아한다, 보는 순간만은 마음이 편해지는 듯한 느낌을 받아서. 내가 이 장면을 처음 봤을 때 결심한 것은 이 광활한 설산을 내 두 눈으로 직접 보고 몸소 오르는 것이었다. 그림으로도 전율이 느껴지는 이 후지산을 실제로 오르고 느낀다고 생각만 해도 설레오는 것이다. 하지만 그와 동시에 내가 가장 죽고 싶은 장소.

남들은 의아해할 것이다. 죽고 싶은 장소라니, 정말로 어둡고 터무니없는 생각이지만 나는 태어나 단 한 번도 내 뜻대로 무언가를 가져보거나 무언가를 만끽하거나 무언가를 이뤄본 적이 없다. 그러니 처음이자 마지막으로 나는 내가 원하는 곳에서 모든 것을 털어내고 그대로 생을 마감하고 싶다. 그것을 이루는 것이 내 하나뿐인 버킷리스트다.

어제를 기점으로 한 해가 바뀌었다. 사실 더 암담해졌을 뿐인데, 나는 이제 성인이다. 남들 다 가는 대학에 가지도, 직장을 구하지도 못한 그저 맨몸으로 사회에 던져진 스무 살 성가온인 것이다. 어젯밤은 꽤나 잠을 설쳤는데, 인근 번화가에서 새해 카운트다운을 하는 소리 때문이었다. 모두 하나가 되어 ”3, 2, 1“ ……후에 이어지는 함성 소리. 그저 다른 세상 이야기다.

나는 해가 지나고 계절이 바뀌어도 현실이 바뀌지 않는다면 그 무엇도 변하지 않는다고 생각하기 때문이다. 나는 저들처럼 나이가 바뀌고, 드디어 어른이 되었다는 설렘, 기대와 같은 열광을 느끼지 못한다. 그저 내 머릿속은 엄마와 후지산의 모습뿐이다. 사실 졸업식이 끝난 이후로는 근무 시간을 더 늘렸다, 시급 또한 조금 더 올랐기도 하고 말이다. 대신 식비를 조금 절약하고. 휴대폰을 값싼 폴더폰으로 바꿔 통신비가 대폭 낮아졌다. 이 모든 것은 내 하나뿐인 버킷리스트, 후지산 등반을 위해서다.

태어나 처음 가져본 꿈을 이루지 못한다면 내 이름처럼 그저 낡은 것이 될까 봐, 무엇 하나 이루지 못하고 평생 이 모양 이 꼴일까 봐 참으로 무서웠고 두려웠으며 또한 벅차도록 설레왔기에 나는 인생 처음으로 결단다운 결단을 내렸다. 봄이 오기 전, 나는 일본으로 갈 것이다. 그러므로 원하는 바 이룰 것이다. 그러나 절망이 당연한 나의 현실 속, 하나 걸리는 것이 있다면 우리 엄마인데, 아직도 빚을 갚으려 발 벗고 일밖에 하지 않는 우리 엄마. 마음속 깊은 곳에서 의문이 몰려온다.

"네가 죽으면 엄마는?"

그래, 알고 있다. 나의 이 버킷리스트를 이루게 된다면 책임에서 도망친 아버지와 똑같아지는 것을 아주 잘 알고 있다. ……회피를 하는 것이다. 빚으로부터, 현실로부터 말이다.

"남겨진 엄마는 어쩌고?"

"네 빚까지 엄마가 짊어지게 돼."

이러한 생각에 벌써부터 걱정을 멈출 수 없다. 결단다운 결단을 내려도, 언제나처럼 현실이 도와주지 않는다. 이때다, 바로 이때야. 사람이 가장 절망하는 순간. 할 수 있는 것이 아무것도 없을 때. 나는 정말로 할 수 있는 게 아무것도 없다.

지금까지 모은 돈은 70만 원 언저리. 도쿄 나리타 공항까지 갈 수 있는 비행기 값이다. 꿈이 눈앞에 있지만 이룰 수 없음을 안다. 언제나 그랬듯 좌절은 나와 가까이에 있다. 세상 모든 불행이 전부 나를 위해 존재하는 것 같은 기분이 몰려와 심히 불쾌해지지만 현실을 자각하고, 다시 돌아오는 법을 안다. 눈을 지긋이 감고 닥치는 대로 숫자를 무한히 세는 것이다. 내 기준으로 80까지만 세어도 모든 잡념과 생각이 사라지고 숫자를 그만 세고 싶다는 생각뿐이 머릿속에 들어오며, 동시에 그저 지금 내가 존재하는 이 현실이 직시된다. 방금도 이 방법으로 현실로 돌아온 것이다.

붕 뜬 70만 원 중 6만 원을 들여 엄마가 좋아하는 비싼 브랜드의 케이크, 카푸치노를 사 집으로 돌아간다.

”……내가 그럼 그렇지, 그 인간과 같아지는 길을 택할 리가.“

여유 있어 보이는 남들의 신발, 행복해 보이는 저 연인들의 미소, 맛있어 보이는 붕어빵을 먹는 아이들. 저들은 행복 속에 살고 있다. 원하는 바를 아무렇지도 않게 이루면서 살아가고 있다. 탁한 나의 공기와는 전혀 다른 공기. 청량하고 무한히 맑은 저들의 공기가 내 공기와는 어울리지 않아 보였기에 닿지 않으려 일부러 걸음을 재촉했다.

이럴 때 나는 보통 집으로 가 잠을 청한다. 꿈에서라도 그 산에 있는 나를 보고 싶어서, 꿈에서라도 엄마의 미소를 실컷 보고 싶어서 말이다. 그러나 정작 보고 싶은 사람은 꿈에 나오지 않듯 도피한 꿈에서도 그 모습들을 지금껏 보지 못했다. 꿈을 꾼다면 그저 어둡고 탁한 방에 나 혼자 있고 외로움이 사무쳐 춥다. 한없이 어둡고 조용한 좁은 공간이다.

그런데 하나 이상한 점이 있다. 탁한 방 위에는 창문이 하나 있는데 그 창문엔 짙은 금색 같은, 어쩌면 노란색 같기도, 붉은 적색 같기도 한 어떤 꽃 한 송이가 팔랑거리며 날아와 방 안으로 떨어져 점점 내 앞으로 온다. 그러면 환한 햇빛이 창문을 통해 비추며 탁했던 방이 순간 환해지고 방의 온도가 오르는 듯한 느낌을 받으며 이내 잠에서 깬다.

작년 가을 무렵부터 종종 이 꿈을 꿀 때가 있었다. 왜인지는 모르겠지만 그 꿈을 꿀 때면 평생 느껴보지 못한 어떤 따스함과 포근한 감정이 들어 기분 좋게 잠이 깨고 상쾌하다. 그러나 잠에서 깨면 왜인지 모르게 항상 난 울고 있었다. 그것도 베개가 젖을 정도로 말이다. 한 번도 어김없이 그 꿈을 꿀 때마다 그랬다. 무언가를 잃은 듯한 묘한 상실감과 함께 그냥 울고 싶어진다고 해야 하나. 아무튼 그럴 때가 종종 있다. 나오라는 산은 나오지도 않고 말이다.

참, 나머지 돈은 저축해 두었다. 번역기를 하나 사는 것만 빼고 말이다. 아무리 그래도 인생 처음 다짐한 꿈을 포기할 순 없었기에, 언젠가 올지도 모르는 그날을 대비하여 십오만 원 정도 하는 번역 기능의 스마트 기기를 샀다. 이 기기에는 세계 여러 나라의 언어를 학습하고, 배울 수 있는 기능이 탑재되어 있다. 그래서 요즘은 전단지를 돌리는 일이 끝나고 틈날 때마다 이 기기로 일본어를 배우는 중이다.

후지산은 일본에 있으니 최대한 내 꿈을 변수 없이 이루는 걸 생각하면 그 나라의 언어 정도는 배워야 할 것 같았기에 배우는 중이다. 기기가 맘에 든 점은 또 하나가 더 있는데 바로 그 나라의 유행어나 속담 또한 알려주는 것. 그중 나는 어떤 한 문장이 참 맘에 들었다.

今日は月が綺麗ですね. 오늘은 달이 참 예쁘네요.

일본에서는 좋아한다는 말을 "오늘은 달이 참 예쁘네요"라고 돌려 말하는 유행이 있다고 한다. 얼마나 감성적인가. 나는 이런 종류의 표현이 좋다. 의미가 제대로 담겨 있으면서도 둘러대는 듯한 표현. 아무도 없는 방, 홀로 조용히 되뇌곤 한다.

"오늘은 달이 참 예쁘네요." 라고.

4. 넘어져 다친 아이처럼

이른 아침 눈이 떠졌다. 누군가가 현관문을 여는 소리 탓에 번뜩 눈이 떠졌다.

"7시 15분…… 곧 엄마가 들어오시겠네."

엄마일 것이라 생각하고 일어나던 순간, 몸이 경직되었다. 눈앞에 보이는 사람은 아버지. 성석환 그 인간이 돌아온 것이다.

"……무슨 일이세요?"

라며 물어도 돌아오는 대답은 엄마는 어딨냐고 물어보는 말뿐. 엄마가 밤일을 시작하게 된 것은 아버지와 이혼한 후의 시점이다. 그러므로 아직 아버지는 엄마가 밤일을 하는지를 모를 것이다.

"일 나가셨다가 아직 안 들어오셨어요. 이제 와서 갑자기 무슨 일이냐고 여쭤봤잖아요."

"쯧. 네 엄마 밤일 하는 거 이미 다 알고 있다. 그 여편네한테 잘못한 게 많아서 다시 집안 합치고 빚 좀 나누자 얘기하려 온 건데, 집 꼬라지 봐라? 이거 참."

하. 속이 문드러지는 분노가 사그라친다. 분노라는 감정이 너무 오랜만에 든지라 이 감정이 분노인지도 몰랐다. 그저 속이 끓는 듯한 고통과 떨리는 주먹 탓에 알아차렸다.

"……당신은 몰라, 당신 앞의 빚이 떠넘겨진 이후로 엄마와 내가 어떻게 살아왔는지. 그전엔 때리기만 하던 당신이 이제 와서 집 안의 가장 노릇 같지도 않은 짓을 한다고 달라지는 거나 고마운 게 있을 줄 알아?”

“그리고, ……내가 지금 몇 살인지는 알고 있는 거야?”

정말 말하면서도 놀랐다. 뒤통수를 때리며 나의 가난을 조롱하던 그 애들한테도, 나눠주던 전단지를 면전 앞에서 찢으며 비웃던 취한 건달한테도, 졸업식 날 졸업장을 수여 받을 때 다른 이들의 경우와는 다르게 나에겐 아무도 박수를 쳐주지 않았을 때에도 이토록 화가 나지는 않았는데. 그러나 지금은 참을 수 없는 거대한 무언가가 끓어오르고 있다.

……뭐, 이후엔 당연하지 않은가? 돌아오는 것이라고는 뺨을 때리고 주먹질에 발길질을 하는 아버지의 행동만이 있을 뿐. 후레자식이니, 양아치니 뭐니 하는 말과 함께 말이다. 그럼에도 나는 틀린 말을 한 적이 없는 것을 안다. 저 사람은 그저 내가 말한 사실을 부정하려는 행동을 하는 것이라 생각해 외려 금방 감정이 사그라들었다.

그런데 그러던 찰나, 내가 세상에서 제일 좋아하는 사람이 내가 피를 흘리며 맞는 모습을 봐버렸다. 그 뒤에 남은 기억으로는 아빠를 막는 엄마의 등, 눈앞에 빨간 피가 적셔져 방 안이 온통 적색으로 물든 시야.

……그렇게 내가 눈을 뜬 건 아버지에게 맞은 반나절 뒤라고

20

한다. 방금 설명을 들었거든, 현재 나의 상태를. 평생 와본 적 없는 응급실에서 말이다. 고개를 돌려보니 엄마가 쭈그려 앉아 졸고 계셨다. 내 몸을 보니 구타를 막은 양팔엔 붕대가, 배에는 멍이 들어 있었고 한쪽 눈이 보이지 않아 만져보니 거즈가 덮여 있었다. ……참 암담하다. 정말로. 근 5년간 이리 암담한 적은 없었는데…… 와중에 머릿속을 스쳐 가는 것은 병원비, 그리고 이런 나를 보는 엄마의 심정이다. 이 모든 것이 자각되자 나는 그저 그 설산으로 가고 싶다는 갈망이 왜인지 모르게 미치도록 사무쳤다. 동시에 나는 나의 존재 의미를 찾기 시작했는데, 도대체 무엇을 위해 태어나 무얼 위해 이렇게 불행하고 의미 없는 삶을 나는 살고 있는지.

만약에 말이다. 만약에, 엄마가 나를 낳지 않고 아버지 또한 만나지 않았더라면 엄마의 삶은 얼마나 달랐을까? 얼마나 평범했을까. 울었다. 눈물이 쏟아져 나와서. 소리 내어 울었다, 미치도록 서러웠기에.

"……가온이 잘못이 아니야."

내 울음소리에 깨신 건지 엄마는 그 말을 하고서는 무언가 더 말을 하려 했지만 고개를 숙이셨다. 미세하게 몸을 떨면서 말이다. 이날을 기점으로 나는 이틀 동안 입원을 하게 되었다. 뼈가 여럿 부러졌고 눈을 다쳤다나. 또한 이날을 기점으로 아버지는 더 이상 찾아오지는 않게 되었다.

그러나 이 저주받은 것 같은 날이 있었기 때문일까, 이날을 기점으로 엄마가 갑작스레 쓰러지는 횟수가 빈번히 늘어났다. 이후 며칠간은 엄마가 일을 쉬도록 도와주었고 밤새 열이 나 간병을 하기도 하며 이래저래 지내다 엄마가 다시 출근하신 그날 밤, 모르는 번호로 전화가 걸려왔다. 유선화 씨 아들 되시냐고, 어머니가 의식이 없어서 응급실이니 빨리 오라 말하는 전화를 말이다.

그 전화를 받자마자 나는 온몸에 땀이 범벅이 될 정도로 뛰며 응급실로 향했다. 엄마가 있는 곳은 다름 아닌 중환자실. 상황 파악이 아직 되지도 않은 찰나 나에게 다가온 의사의 말 한마디가 곧 나의 세상을 완전히 무너뜨렸다.

"……어머니께서 간암 말기입니다."

말기……? 말기라고…… 암이 초기도 아니고 말기라는 말에 순간 눈앞이 핑 돌며 흐려졌다. 엄마의 건강이 극도로 나빠진 것은 알고 있었다. 걱정 많이 했으니까. 충격이 가시기도 전에 탁자에 놓인 진단서 내용이 눈에 들어왔다.

'수술비 육천오백만 원'

'입원 수속 및 간병비 백만 원'

……그래, 사실은 알고 있다. 어쩜 세상은 나를 어떻게든 죽이고 싶어 한다는 것을, 내게 희망이란 것은 죽고 다시 태어나도 없다는 것을 이번에 정말 확실히 알게 되었다. 또한 정말로 믿기 싫은 마음으로 가득하다. 내가 제일 사랑하는 사람이 암에 걸린 것을, 돈이라는 빌어먹을 수단에 사람 목숨이 왔다 갔다 하는 것을 말이다.

세상이 무너지던 그날 밤, 나는 눈이 풀리고 머릿속이 새하얗게 된 채 무작정 거리로 나와 정처 없이 떠돌았다. 정말 아무 느낌도 느껴지지 않는 이상한 기분에 휩싸여 걷다가 문득 인생 처음으로 ……자살을 생각하게 되었다. 그래, 그런 것이다. 내가 할 수 있는 것이 정말 아무것도 없고 선택지 또한 없는 이 현실이라는 지옥으로부터 죽음으로서 도망칠 생각을 하고 있는 것이다. 정말로 죽고 싶은 마음이다. 지금 당장 죽고 싶을 뿐이다.

……아니 사실은, 정확히는 이런 지옥 같은 현실에서 살고 싶지 않은 것이겠지. 이런 현실에 남아있고 싶지 않은 것이겠지. 그렇게 어떻게든 이곳에서 도망쳐 버리고 싶어 하는 나를 알 수 있었다. 또한 그 후에는 그저 이 세상이 나와는 맞지 않는 낯선 장소처럼 느껴졌고 모든 것이 자연스럽지 않게 되어 무작정 달렸다.

정신을 차려보니 한강의 큰 대교 위 정중앙에 서 있는 채로 아래를 보며 떨고 있는 나를 알 수 있었다. 두 눈에 보이는 것은 하얀 눈밭이 아닌 깊고 까만 물, 주변에는 설 봉우리가 아닌 매섭게 달리고 있는 차들. 엄마는 이제 희망이 없다는 사실을 인정하기 싫다, 그리고 나 또한 희망이 없다는 사실은 더더욱 인정하기 싫었기에 그저 죽음으로서 편해질 생각에 몸을 내던지려 했다. 이 시점에서 내가 죽으면 엄마는 어찌 되느냐는 마음속의 의문은 왜인지 잘 들리지 않았다. 살고 싶지만 죽고 싶었고 도망치고 싶었다. 눈에 보이는 것은 전부 허상 같았으며 현실감은 전혀 없고 그저 한없이, 정말 한없이 추울 뿐이다.

이제 진짜 끝이라는 생각과 다짐이 오가며 행동에 옮기려 했던 그때. 한 통의 문자가 왔다.

"아들, 추울 텐데 어디 간 거니? 우리 가온이 안아주며 사랑한다 말해주던 때가 참 오래도 되었다. 사실 엄마는 무엇이 되었든 괜찮아. 내 몸이 어떠한지는 이미 알고 있었지만 우리 아들…… 이렇게나 지금도 많이 힘든데, 더 힘들게 하고 싶지 않았기에 앞만 보며 가다가 일이 터진 것뿐이야. 엄마는 괜찮아. 엄마는 가온이가 웃는 얼굴을 좀 더 보여줬으면 좋겠네. 어느샌가 우리 가온이 웃지도 않고 매일을 어둠 속에 홀로 있는 것이 훤히 보여서 어찌할까 걱정이었어. 가온아, 우리 아가. 밖에 많이 추워. 엄마 곁으로 와. 얼굴 보며 이야기하자. 안아주고 싶어. 기다릴게."

……꾹꾹 참고는 있었지만 참아지질 않는다. 어쩌면 이번에 당신을 보는 게 마지막일까 봐 가고 싶지 않아. 그러나 여기서 뛰어내리면, 당신은 당신 아들의 얼굴을 더는 보지 못해. 시간이 얼마 없을지라도…… 어쩌겠는가.

나는 다시 병원으로 발걸음을 돌렸다. 그렇게 아이처럼, 뛰어가다 넘어져 다친 아이처럼 눈보라에 시야가 가려져도 엉엉 울며 다리 위를 미친 듯이 뛰어가는 나는 그렇게 하염없이 세상을 저주했다.

5. 그날 없어진 목숨은 하나가 아니다

새벽이다. 늦은 새벽 얼마나 울었나 눈이 반쯤 감긴 채로 살짝 일어나계신 엄마에게 다가갔지만 이내 눈을 감았다. 이대로 엄마를 보면 정말 눈물이 멈추지 않을 것만 같아서. 그렇게 눈을 감고 고개를 숙인 채 엄마의 손만을 잡은 채 울음을 참았다.

”……울지 마 우리 아들.”

고요를 깬 엄마의 한마디, 저절로 눈이 떠졌다.

“가온아, 엄마에게 죄가 있다면 참 많을 거야.”

“엄마는…… 무슨 죄가 있다고 그래……”

있지도 않은 죄를 나열해가는 엄마.

“……첫째, 가온이를 잘 보살피지 못한 죄.“

”둘째, 자신의 몸을 함부로 한 죄.“   ”마지막……”

긴 고요 끝에 떨리는 목소리로 엄마는 말씀하셨다.

“이제 혼자 남겨지게 될 가온이를 그동안 더 사랑해주지 못한 죄.”

……뭐? 마지막 엄마의 말에 머리를 한 대 맞은 듯 모든 생각이 멈췄다. 혼자 남겨지게 될 이라니, 아니 정말. '혼자 남겨지게 될' 이라니.

“엄마…… 무슨 소리야 그게? 혼자 남겨지게 될 거라니 무슨……”

엄마는 고개를 돌리고, 눈물을 참는 듯한 목소리로 힘없이 말씀하셨다.

"아들, 미안해. 예쁜 곳 많이 데려다줬어도 시원찮을 판에, 더 맛있는 거 많이 해줬어도 시원찮았을 판에, 또…… 다른 방법도 있었을 텐데. 엄마가 어리석고 못나서…… 미안해 우리 아들."

아아, 알아차렸지만 인정할 바에 차라리 죽고 싶었다. 내가 세상에서 제일 사랑하는 엄마가 곧 돌아가실지도 모른다. 죽는다는 말은 참 아이러니하다. 현실감이 전혀 없으면서도 그 어떤 것보다 현실감이 느껴진다. 없어진다. 사라진다. 다신 만나지 못한다. 이 세상에 없다. 겪어보지 않으면 그저 말뿐인 죽는다는 말은 겪어본다면 그 상황으로 말미암아 사람을 한도 끝도 없이 무겁게 끌어내린다. 두려움 속으로, 무력감 속으로, 슬픔 속으로…… 후회 속으로 말이다.

담당의는 말했다, 닷새를 넘기는 것이 기적이라고. 너무 오래 방치한 암이 넓게 전이되고 분포하여 전신이 망가진 상태라고. 마음의 준비를 해야…… 할 것 같다고. 차마 아무런 말도 할 수 없던 그때, 엄마는 나지막이 입을 열었다.

"지금 가온이한테 꼭 해주고 싶은 말이 있어. 하루가 멀다 하고 매일같이 해줬어야 했던 말. 그러나 그러지 못했던 말."

"세상에서 제일로 사랑해. 우리 아가."

……사실 아무래도 좋았다. 병실의 누군가 깨든 안 깨든, 그저

이 병실이 떠나가라 오열하는 것만이 내가 할 수 있는 전부라서. 사실 아무것도 믿기 싫었다. 세상 그 누가 뭐라 하든 세상에서 제일로 사랑하는 당신 대신에 차라리 내가 죽어주고 싶다. ……엄마는 그날 아침이 오기 전 내 손을 미약하게 잡은 채로 먼 곳에 여행을 떠나셨다.

이후 사흘간의 기억은 거의 없다. 그저 몇 없는 조문객을 상주로서 받으며 들리지 않는 위로들, 개중 안아주며 진심 어린 위로가 있었지만 내게는 아무것도 들리지 않았다. 그리고 이제서야 나는 보았던 것이다. 저 영정 사진 속 세상 환하게 웃는 우리 엄마를.

혹 아는가? 사랑은 돈 주고도 못 사고, 우정은 억만금을 줘도 사지 못한다. 하물며 우정과 사랑도 이러한데, 하늘의 뜻인 부모 자식 간의 관계는 세상의 그 어떤 것으로도 사지 못한다. 있을 때 잘 하라는 말은 추상적이다. 있을 때 잘 하라기보단 지금 한 번 더 안아드려라. 지금 당장 사랑한다고 말씀드려라. 언제가 되었든 손편지를 써서 드려라. 보이는 것은 오래 기억되고 보이지 않는 것은 평생 간직된다. 그것의 기준은 각자 정하는 것이겠지만 말이다.

……한평생을 이렇다 할만하게 행복하지 못했던 엄마. 그런 엄마의 손을 지금 한 번 더 꼬옥 잡아주고만 싶다. 나에게 사흘간의 기억은 없다. 없는 것으로 치부했다. 떠올리면 나도 엄마를 따라갈 것만 같아서. 엄마가 눈을 감던 날, 그날 없어진 목숨은 하나가 아니다. 존재할 이유가 사라져버린 나는 목숨과 존재의 가치가 없어

진 빈 껍데기로서 남겨졌을 뿐이다. 얼마 되지 않지만 내가 물려받은 엄마의 재산과 그녀의 온기가 보관된 텅 비어버린 집에 살고 있는 성가온이라는 이름의 빈 껍데기만 남았을 뿐이다. 집으로 돌아온 후 엄마의 짐을 정리하던 중 한 장의 종이를 발견했다. 아직 온기가 남아있는 종이, 익숙한 글씨체의 처음 보는 종이가 있었다.

[유서]

나의 얼마 안 되는 남은 모든 재산은 내 아들 성가온에게로 전해져야 한다. 또한 부정하게 나와 내 아들 앞에 달린 빚에 대한 소송은 그대로 진행하에 두되, 선임할 변호사 비용은 가온이에게 전달될 나의 유산에서의 일부로서 지불한다.

우리 아들, 가온이에게.

언제나 사랑하는 우리 아들. 엄마는 지금도 매일같이 떠올려. 너를 데리고 예전 동네의 그 공원으로 가면 어린 네가 항상 찾던 솜사탕이 있었어. 그 솜사탕 하나를 사서 쥐어주면 온 세상을 다 가진 듯이 웃던 너. 그런 너를 보면 있지? 엄마는 그 어떤 시련이 온다 해도 다 견딜 수 있을 것만 같았어.
그러나 엄마의 현실은 도와주질 않더구나. 네 아빠가 두고 도망간 빚을 갚느라 내 건강은 뒷전이었지만 우리 가온이가 진정 원하는 것만큼은 알고 있었어 엄마는. 일본의 후지산 가보고 싶었지? 엄만 알아, 네가 그렇게 닳도록 읽던 그 책에 나와있는 설산을 뚫어져라 바라보던 너를 말야. 우리 아들 그 순간만큼은 설레임에 가득 차 행복해 보였는데, 그런 너를 그저 바라볼 수밖에 없던 엄마는 직접 지원해주지 못해 뒤에서 많이 울었어.

아들, 엄마는 아마 오래 살지 못할 것 같아. 그래서 미리 유서를 남겨두는 거야. 사랑하는 아들! 엄마는 네가 어딜 가든 항상 너의 한 걸음 뒤에서 언제나 너와 함께할 것을 약속해. 그러므로 너와 함께 후지산을 볼 수 있을 거라 생각해.

많지는 않지만 엄마가 남겨놓은 돈으로 네가 그렇게 좋아하는 후지산을 오르고, 몸소 느끼며 진정 살아있음을 만끽해줄 수 있을까? 엄마의 마지막 부탁이야. 기억해주련? 엄마는 언제나 너와 함께 있어. 엄마는 언제나 너를 사랑해. 우리 아들이 있었기에 엄마의 인생은 축복받은 삶이었어. 가온이 네가 내 아들로 와주었기에 엄마가 세상을 살아갈 수 있었던 거야.

혹여나 엄마 따라올 생각은 절대 하지도 말고, 그런 생각이 들려 할 때면 그 설산에 올라 네 곁에서 너와 함께 그 장관을 보는 엄마를 생각해줘. 아들! 우리 아들은 엄마와는 다르게 오랫동안 살면서 질리도록 웃고, 하고픈 것 있으면 다 하고, 뜨거운 사랑도 해보며 아주 천천히 와야 해. 엄마랑 약속할 수 있지? 엄마는 네가 있어 행복할 수 있었어. 또한 네 덕에 살아갈 수 있었어. 항상 기억해 주길 바라. 늘 사랑해, 예쁜 내 아들.

From 유선희

……눈가에 아련하게 보이는 듯한 엄마의 마지막 미소, 저걸 쓰고 있던 엄마의 심정은 어떤지, 자식보다 본인이 먼저 생을 마감해야만 하는 부모로서의 한이 너무나 강렬히 내 안으로 들어오더니 눈가가 젖었다. 이내 흘러내리는 것은 다름 아닌 피였다. 피눈물이 흘렀던 것이다.

사람은 슬프거나 분노하는 부정적인 감정이 극에 달하면 눈에서 피가 흐른다고 언젠가 책에서 본 기억이 있다. 그 사실을 기억한 나는 지금, 정말 아무런 소리도 나오지 않고 몸은 떨리지도 않았으며 그저 피로 된 눈물만이 멈출 생각을 하지 않았다.

나는 죽고 싶어도 죽지 못하는구나. 아주 천천히 오라고 하시면 나는 어떻게 해야 하는가. 나만을 바라보던 엄마의 마지막 의지. 나는 나의 꿈에 의문이 들었다. 어딜 가던 엄마가 나와 함께 한다면, 내가 후지산에서 죽는 것마저 볼 수 있다는 뜻이 아닌가. 이미 정신이 온전치 못하지만 왠지 모르게 정말 그럴 것만 같았다. 최대한 늦게 오길 바라는 것이 엄마의 바람이라면, 내가 너무 일찍 그곳에

간다면 많이 혼내시려나?

정말 많은 고민과 생각에 잠 못 드는 밤이 깊어가고, 다음날 아침이 지나 오후가 되어서야 나의 생각 정리가 끝났다.

6. 가자, 일본으로

　전날 밤에는 정말 많은 고민을 하고, 생각을 되뇌었다. 나는 앞으로 어쩌면 좋은지. 사실 이미 답을 찾았는데, 그렇게 거창한 것은 아니다. 나는 엄마가 나와 함께 있다는 사실을 부정하지 않는다. 고로 '자살을 위한 여행'은 포기한다.

　그러나 나는 여행 자체를 포기하지는 않았다. 또한 아버지가 떠넘기고 간 빚에 대한 소송은 연기했다. 그리고 나서 내가 내린 결론은 바로 일본의 야마나시현으로 혼자 여행을 갈 것으로 답을 지었다.

　중요한 것은 후지산을 올라 그곳에서 자살을 하는 것이 아닌, 나와 함께 계시는 엄마와 함께 일본의 문화를 느끼고, 그토록 바라던 후지산을 등반하고, 설 봉우리 위에 우뚝 서서 그 광경을 엄마와 함께 두 눈으로 보고 돌아올 것이다. 소송은 그 다음.

　내가 엄마에게서 물려받은 재산은 5천만 원 언저리다. 그 돈의 절반은 일본에서, 그 돈의 나머지를 한국에 와서 소송에 쓸 생각이다. 나에겐 지금 남은 것이 아무것도 없음을 안다. 그래서일까? 훌훌 털어내 보자는 생각으로 일본에 갈 다짐이 더없이 쉽게 섰다.

　정말 말 그대로 무작정 나 혼자 여행을 다녀오는 것이다. 솔직히 말하면 이 현실이 너무나도 지쳤고, 20년 동안 이런 현실에서 살아왔기에 지금의 나는 새로움을 원한다. 더군다나 엄마를 향한 미칠 것 같은 그리움도 후지산에 올라 해소할 생각이다. 엄마가 쓰던 방에는 아직 온기가 남아있다. 꽃병에 놓인 꽃을 멍하니 바라보며 엄마 생각을 하다 문득 지난주 마지막으로 꾸었던 꿈이 생각난다.

그 꿈속에서 나는 언제나처럼 탁한 방에 혼자 쭈그려 앉아 있는데, 이번에도 어김없이 그 붉은 듯 노란 꽃이 바람을 타고 들어오더니 햇살이 비쳤다. 그런데 이번에는 무언가가 조금 달랐는데 항상 내 앞 언저리에만 닿았던 그 꽃이 내 손등 위로 떨어진 것이다. 그것도 한 송이가 아닌 여러 송이가 말이다. 그리고 이번엔 울지 않고 깨어났다.

사실 전부터 나는 꿈에서 보던 그 꽃의 생김새를 토대로 도대체 그게 무슨 꽃인지 검색해보고 알아봤지만, 도무지 비슷한 것이라도 찾을 수가 없었다. 고작해야 나오는 결과라곤 해바라기인데 엄연히 해바라기와는 달라 보였다. 그냥, 돌아가신 엄마의 방에 놓인 꽃병을 보다가 문득 떠오른 꿈의 기억일 뿐이다.

참고로 일본에 가면 호텔보다는 값싼 민박 같은 곳에 머무를 생각이다. 호텔로 가봐야 과분한 곳이고 어차피 그저 몸만 쉴 수 있는 곳이면 만족하기 때문에. 비행기 표는 공항에서 직접 현장 결제를 할 생각이다. 민박은 야마나시현의 가성비 있고 식사가 나오는 그런 민박을 잡을 생각 중에 있고 말이다. 핸드폰은 인터넷이 되지 않고, 내겐 계좌가 없으니 어쩔 수 없다.

머지않아 나는 인천공항으로 향한다. 정말 떠나버리는 것이다. ……이 지옥 같은 현실로부터. 짐은 여권과 속옷, 겨울옷과 봄에 입을 옷 여러 벌을 챙겼다. 언제 귀국할지는 모르지만 적어도 반년은 있을 것이라 생각된다. 여름 옷은 그때 사거나 가서 생각하면 되는 거다. 이런 생각을 하며 멍을 때리는 나는 지금 공항에 가는 택시 안에 있다. 그러다 문득 기사 아저씨가 대뜸 말을 걸어와 생각이 끊겼는데, 무척 친근하게 말을 걸어오는 것이 아닌가.

"자네, 어려 보이는데 혼자 공항은 왜 가는 건가?"

라는 기사 아저씨의 말에

"그냥, 예전부터 가고 싶던 곳이 있어서요. 그곳에 가서 보고 싶은 것, 느끼고 싶은 것 전부 느끼고 경험한 후에 돌아올 생각입니다."

라고 답했다.

"으응…… 그려 좋구만, 그런데 어느 나라로 가나?"

"일본이요, 일본의 야마나시현으로 갑니다."

"어이구, 혼자 어린 나이에 포부를 갖고 여행 하는 게 쉽지만은 않을 텐데. 부모님께서는 뭐라고 하시던?"

처음 탈 비행기, 이 현실에서 이제 벗어난다는 설렘을 깬 기사 아저씨의 말이 다시 한번 엄마를 향한 그리움을 불러일으킨다. 나오려는 눈물을 꾹 참고서 이내 답했다.

"……어머니가 보고 싶은 것, 느끼고 싶은 것 전부 마음 가는 대로 느껴보고 오라고 하셨어요."

이에 이어지는 아저씨의 말.

"으응…… 자네 어머니께서는 참 배우신 분인가 보구만. 인생은 때로 자신이 있는 곳에서 멀리 떨어진 곳을 가보고, 그 경험으로서 배우는 것이 크게 중요한 것인데 자네 어머니께선 아들을 먼 곳으로 보내 깨달음을 얻게 하실 생각이 있으셨나 보구만. 무얼 좀 아시는 분이신 것 같아."

언제였는지 조차 생각이 나질 않는다. 나 또는 나의 소중한 사람이 칭찬을 받는 것. 기사 아저씨는 그냥 한 말일지 몰라도 나는…… 나는 적어도 엄마가 내 하나뿐인 꿈을 존중해주고 응원해주셨다는 사실을 인정받은 것이 너무도 기뻐 금방이라도 눈물이 날 것만 같았다.

"저를 세상에서 제일 사랑해주시던 분이라 그런지 제 뜻을 존중해주시고 응원해주신 것 같아요."

이에 기사 아저씨는 호탕하게 웃으며 말씀하셨다.

"마음껏 즐기고, 먹고 싶은 거 맘껏 먹고, 보고픈 것 전부 눈에 새기고 오려무나. 그게 다 양날에 양식이 되는 법이란다."

이런저런 이야기를 하는 동안 택시는 공항에 도착했다. 기사 아저씨는 내 낡은 캐리어를 트렁크에서 꺼내주시며 뭐가 되었든 경험이 중요한 것이라 강조하시고 배웅해 주셨다. 그래, 살면서 크게 중요한 것을 뽑자면 경험이다. 경험에서 흘러나오는 노련함과 경험을 통해 느낀 인생의 깨달음, 경험이 선사하는 성찰 등 무엇이 됐든 중요한 건 경험을 통해 무언가를 얻는 것이다. 적어도 지금의 나는 그렇게 생각한다.

아무튼 간에, 실감이 나지 않는다. 지금 나는 공항에 있다. 난생 처음 와본 공항 말이다. 몇 평인지 어림조차 할 수 없는 넓은 공간과 태어나서 처음 보는 외국인들, 승무원들과 기장까지. 전부 태어나 처음 보는 것들에 잠시 멍하니 서 있다가, 항공권 현장 발행 키오스크에 가서 인천-나리타행 항공권을 찾는다.

솔직히 최대한 빨리 출발하고 싶은 마음이다. 내가 감당하기엔 너무도 무거운 이 현실과 고통으로 가득 찬 마음에서 어서 빨리 다른 곳으로 떠나고 싶은 마음이니 말이다. 지금 시간은 오전 11시 42분, 제일 빠른 편도의 비행기 표는 오후 9시 25분 표다. 탑승 시작 시간은 오후 9시. 그런데 국적기인 대한항공이다. 원래는 최대한 돈을 아끼려 저가 항공사를 선택하려고 했지만 어쩔 수 없게 되었다. 이 항공권이 팔리기 전에 빠르게 구매해야 한다.

지금 내 손에는 티켓 종이와 여권, 번역기가 쥐어져 있다. 우선 비행 탑승 시간이 밤이니까 그동안은 공항 내에서 시간을 보내야 한다. 조금 출출했기에 공항 내 식당가를 찾았는데 이런, 정말 놀랐다. 밖에서 사 먹으면 거의 절반 값인 찌개 정식이 여기서는 그 두 배 값이다.

가져온 돈은 엄마가 남겨둔 오천만 원. 그중 절반은 여행에 쓸 것인데, 남은 절반을 어디에 보관할지 몰라 그냥 전부 들고 왔다. 은행은 평생 가본 적이 없고 ATM 또한 사용해본 적이 없기 때문이다. 이렇게 놓고 보면 난 정말 해보지 못한 것들이 참 많다고 느껴진다. 우선 이천오백만 원 가량을 공항 내 환전소에 가서 전부 일본 돈으로 환전을 했다. 어차피 적어도 이 돈을 다 쓰기 전까진 돌아오지 않을 것이기 때문에. 처음 만져보는 일본 현찰이 정말 새로운 여정의 시작이라는 설렘으로 내게 다가온다.

"이제 정말 그 설산을 오르러 가는구나……"

아직도 실감이 나지 않는 것은 왜일까? 그토록 꿈에 그리던 후지산에 간다니. 정말 믿기지 않으면서도 벅차도록 설레오는 이 마음은 너무나 기분 좋게 느껴진다. 지금 시간은 오후 3시 반. 공항 내부를 천천히, 전부 돌아보고 왔다. 난생처음 와본 공항이 이리 클 줄 몰랐고, 다양한 인종의 사람들 또한 이렇게 많을 줄은 생각조차 하지 못했다. 공항을 돌아본 시간의 절반은 사람 구경 하는 데에 쓴 것 같다.

지금은 공항 지하층의 카페에 있다. 간만에 아메리카노를 마시면서 번역기로 '일본 여행 언어 가이드' 테마를 보는 중이다.

"코레 쿠다사이."

"아노, 스미마생."

"코코와 도코데스카?"

각 문장의 한국어 발음이 표기되어 있긴 하지만 그 단어의 의미와 쓸 상황을 익히는 것이 나는 꽤나 어려웠다. 그런데 언뜻 한글과 비슷한 발음의 단어가 많은 것을 알 수 있었는데 예를 들면 쿠폰은 쿠퐁, 기내식은 기나이쇼쿠, 관광은 관코 등 의외로 쉽게 뜻이 유추되는 단어가 많았기에 솔직히 재미있었다. 그렇게 번역기로 정말 두어 시간은 일본어 공부만 한 것 같다. 벌써 6시가 넘어가니까 말이다.

카페에서 나온 뒤 목베개와 목도리, 장갑을 샀다. 공항 지하에는 이런 것들을 파는 가게가 있다는 게 신기했다. 후지산을 오를 때 장갑과 목도리가 있으면 추위가 덜할 테니까. 화장품 가게에 들러서 세안 도구와 스킨로션도 샀다. 집에서 출국 전까지 쓸 적은 금액의 한국 돈을 가져왔거든.

그러고 나서는 공항 의자에 앉아 생각을 했다. 나리타 공항에서 야마나시현으로 가는 이동 수단과 걸리는 시간을 말이다. 아까 본 어떤 광고 포스터가 뇌리에 스치는데, 야마나시현의 고후역으로 가는 나리타 공항의 '리무진 버스'를 광고하는 포스터. 이외에도 나리타 공항에서 도쿄로, 시부야로 가는 버스도 많았다.

"그럼 아마 나리타 공항에서 고후역으로 가는 막차를 타면 될 것 같네……"

가격은 4,900엔, 우리나라 돈으로는 거의 오만 원 되는 돈이다. 덧붙여 4시간 정도 걸린다고 한다.

"그럼 나리타 공항에 도착하고 12시 반 정도에 버스를 타면……
새벽 4시 반 정도 고후역에 도착하겠네."

음, 아마 첫날 아침까지는 밖에 있어야 할지도 모르겠다. 예약
을 한 게 아닌 이상 그 새벽에 체크인을 할 수 있는 민박집은 흔치
않을 테니 말이다. 이런저런 고민이 깊어져 가고, 꼬리에 꼬리를 무
는 생각을 끊어낸 것은 공항의 안내 방송이었다.

"서울 인천에서 도쿄 나리타행 대한항공 탑승 곧 시작하겠습
니다."

다행히도 좀 전에 출국 수속을 마쳐 놓았기에 혹여 비행기를 타
지 못할까 하는 걱정은 없었다. 탑승 게이트는 22번 게이트, 지금
시간은 8시 55분. 걸음을 재촉하여 나는 곧장 그리로 향했다. 악몽
같은 현실에서 나를 꺼내주고 그리움과 막연한 슬픔을 잠시나마
잊게 해줄 새로운 시작의 땅으로 이어지는 탑승구로 나는 서둘러
걸음을 재촉했다.

7. 유키야마 민박

아까 마신 아메리카노 탓인지, 비행기에선 도통 잠을 이룰 수 없었다. 처음 타본 비행기의 소감은 이륙할 때 난생처음 겪어보는 속도, 몸이 붕 뜨는 느낌 등 모든 게 현실감이 전혀 없었지만 말로 표현할 수 없을 만큼 신기했다.

지금은 새벽 3시, 고후역으로 가는 버스에 있다. 새벽 시간이라 그런지 사람이 별로 없었고, 신기하게도 버스 안에 화장실이 있었다. 덕분에 편하게 가는 중이다.

こんにちは、長期宿泊できますか？

(안녕하세요, 장기 숙박이 가능할까요?)

朝食は出ますか？

(조식은 나오나요?)

번역기에 있는 여행 기초 단어 테마를 둘러보며 시간을 보내고 있다.

見たい人がいます、探してもらえますか？

(보고 싶은 사람이 있습니다, 찾아주실 수 있나요?)

아마 이 문장은 여행 중 잃어버린 사람을 찾아달라는 부탁을 할 때 쓰는 문장 같은데, 이 문장에 눈길이 끌렸다. 내게 있어 보고 싶은 사람은 단연코 우리 엄마다. 보고 싶어도 찾을 수 없는 사람, 찾고 싶어도 보이지 않는 사람.

긴 비행과 와본 적 없는 땅에 대한 피로감이 잊히고 다시 참을 수 없는 그리움과 눈물이 치솟는다. 그러나 소리 내어 울 수는 없다. 여긴 나 혼자 있는 게 아니니까. 숨죽여 울었다. 엄마와 함께했던 시간, 눈에 훤히 보였던 점점 나빠져가는 엄마의 건강, 마지막으로 나를 안아주던 모습. 내가 세상에서 제일 좋아하는 사람의 얼굴이 타국에 와서도 잊히지 않고 여전히 나를 울린다.

내 옆자리는 공석이다. 마치 엄마가 내 옆에 앉아 "아들, 드디어 꿈에 한 발짝 다가설 수 있겠네?"라고 말씀하시는 듯한 기분이 들어 더욱 눈물이 멈추지 않았다. 나는 엄마가 나와 함께 있다고 믿기에 본인 때문에 내가 마냥 울고만 있는 것을 원치 않을 거란 생각이 들어 울음을 삼키려 애쓰다가 이내 나도 모르게 잠에 들었다.

또 그 꿈이다. 정체 모를 노란 꽃 한 송이가 나오는 꿈. 이번엔 손등이 아닌 나의 가슴팍에 내려앉았는데, 그 꽃에서 빛이 쏟아져 나와 나를 눈부시게 했다. 그러고 잠에서 깼는데, 평소와는 다르게 눈물은 나오지 않고 그저 이상하리만치 빠르게 뛰는 심장 박동이 느껴졌다.

"허억…… 허억……."

숨이 가빠지다가 이내 멈췄다. 도대체 이런 꿈은 왜 꾸는지, 꽃의 정체는 무엇인지 생각하다가 어떤 사실을 알아냈다. 초반에는 꽃이 방 안으로 들어오기만 했고, 몇 번 더 그 꿈을 꿀 때쯤엔 꽃이 내 앞까지 왔다가 지금에 와서는 내 가슴팍까지 다가와 내려앉았다.

"……무언가를 암시하는 건가?"

마치 그 꽃이 무언가를 알리려는 것처럼 느껴졌다. 이런저런 생각을 하다가 새벽 5시, 고후역에 도착했다. 피부를 찌르는 듯한 추위, 아직은 날이 밝지 않아 보이지 않는 후지산, 불이 꺼진 이자카야와 식당가가 있다.

버스에서 나눠주었던 야마나시현 고후역 근처의 관광지, 숙소 등이 있는 지도를 보며 마땅한 민박을 찾다가 저 멀리 '한국 손님 받습니다'라고 한글로 작게 쓰여진 간판의 민박이 눈에 들어왔다. 간판의 불은 미약하게나마 들어와 있었기에 그쪽으로 이어지는 좁은 골목길로 향하다가 갑자기 내 또래의 여자아이 목소리로 무언가를 묻는 듯한 일본어가 들려왔다.

뜻은 잘 몰랐기에 어떻게 대답해야 할지 우물쭈물하다가 번역기로 본 문장 중 외웠던 하나를 꼽아 말했다.

"아노, 스미마셍. 캬쿠오 우케마스카?"

(저기, 죄송합니다. 손님 받으시나요?)

그러더니 골목 사이로 누군가가 나오는 것이 아닌가. 내 또래로 보이는 아주 예쁜 여자아이였다. 짧은 단발, 목에 둘러진 흰 목도리, 하얀색 코트를 입은 아이가 다가오더니 말을 건넸다.

"寒いです、もしかして私たちの民宿に来て休んで行きませんか？"

(추워요, 혹시 저희 민박에 와서 쉬어 가지 않으실래요?)

나는 손에 쥐고 있던 번역기의 자동 음성 인식 기능을 켜 뜻을 알아냈다. 그러곤 번역기에 대고 말했다.

"저는 한국인입니다. 당신의 민박에 머물러도 되겠습니까?"

번역기가 이를 일본어로 번역하자 여자 아이는 이윽고 미소 짓더니 따라오라는 듯한 손짓을 하며 나를 민박으로 이끌었다. 민박에 들어서자 진한 쯔유 냄새, 밥 냄새와 함께 아침 식사를 준비하는 듯한 고운 외모의 아주머니와 카운터에서 신문을 보고 있는 아저씨가 일제히 우리를 바라봤다.

"あの子はだれ？"(하나코, 저 아이는 누구니?)

"もうお客さんは受けないって言ったのに……"(이제 손님은 안 받는다고 했는데……)

아주머니와 아저씨가 뜻 모를 말을 하자 하나코는 손사래를 치며 말을 이어나갔다.

"같은 또래 한국인이에요. 우리 집 근처에서 떨면서 무언가를 찾는 것 같기에 안쓰러워 데려왔어요."

분위기상 나를 원치 않는 것 같다는 생각이 들어 급하게 번역기에 대고 말했다.

"저는 한국인이에요. 아는 지인도 인연도 없고 당장 머무를 숙소도 없어요. 값은 제대로 지불할 테니 제가 머무를 수 있게 해주실 수 있나요?”

일본어로 번역된 음성을 들은 그들은 잠시 나를 가련한 눈빛으로 바라보더니 번역기를 통해 답했다.

“우린 원래 더 이상 손님을 받지 않지만, 무언가 평범한 여행객은 아닌 것 같고…… 우리 애와 나이가 비슷해 보이니 우선은 들어와요.”

그 말을 들으니 정말로 안심이 되었다. 이 근방에선 민박집이 보이지 않았기에 이곳을 놓치면 꽤 골치 아파질지도 모르기 때문이다. 그때 하나코가 서툰 한국말로 말을 걸어왔다.

“저는 하나코라고 합니다. 혹시 나이가 어떻게 되세요?”

나는 손으로 숫자 20을 표현했다.

“아, 저보다 연상이네요. 저희 민박에 오신 것을 환영해요.”

서투른 한국말을 하는 모습이 어딘가 엉뚱하지만 귀여워 보였다. 나는 “아리가토”라고 답한 뒤 번역기를 ‘자동 음성 인식’ 모드로 바꿨다.

”저기, 이 민박은 가족분들이 운영하시는 곳인가요?“

아주머니는 2대째 내려오는 가업이라며 전부터 한국인 손님을 자주 받아온 곳이라고 했다. 하나코가 한국말을 조금이나마 하는 이유가 이해되었다. 아주머니가 말씀하셨다.

“마즈 아사고항 타베테.” (먼저 아침밥부터 먹으렴.)

아직 체크인도 하지 않았는데 식사라니? 내가 멀뚱히 서 있자 하나코가 나를 식탁으로 떠밀었다. 식탁에는 일본식 가정식이 차려져 있었다. 한국과 비슷하면서도 어딘가 다른 느낌의 음식.

"저기…… 체크인은요?"

"우리 민박은 후불이에요."

하나코가 답하며 대뜸 내 이름을 물었다.

"아…… 가온. 성가온입니다."

"저는 하나코, 야마노 하나코(山野 花子)에요."

번역기에는 '산속 꽃의 아이'라고 떴다. 이 민박은 야마노 일가가 운영하는 곳이었다. 아주머니는 미야카, 아저씨는 마사키라고 했다. 처음 먹어보는 일본 가정식은 예전 부모님과 함께 먹던 따뜻한 아침밥의 느낌이 났다. 순간 엄마를 향한 그리움에 눈시울이 붉어졌다.

참아야 한다. 필사적으로 눈물을 참으려는데 하나코가 내 눈물을 닦아주었다.

"가온은…… 어떤 힘든 일이 있었나요?"

너무 창피해서 손으로 얼굴을 가리고 미안하다고 되뇌었다. 미야카 아주머니가 말씀하셨다.

"당신, 확실히 평범한 여행객은 아니지?"

모든 것을 말하고 싶지 않았다. 떠올리는 것만으로도 괴로운 일을 남에게 말하는 것은 더 어려운 일이었기에 아무것도 아니라고 답했다. 그러자 하나코가 말했다.

"우리는 손님들과 소통하는 것을 좋아해요. 그러니까 언제든지 우리에게 당신의 이야기를 해주셔도 좋아요."

처음이었다. 항상 '을'의 입장이었던 내게 이런 따뜻한 격려가 들려온 것은. 꿈속의 햇살 같은 온기가 느껴졌다. 식사를 마치고 2층 다다미방으로 안내받았다. 몸을 씻을 겨를도 없이 침대에 뻗어버렸다. 오랜 시간 잠들지 못한 피로와 아침밥을 먹을 때의 감정적 소모가 컸다. 오전 6시 반, 나는 곧장 곯아떨어졌다.

얼마나 지났을까. 시끄러운 아이들의 말소리에 잠이 깼다. 눈을 뜨니 중학생 정도의 여자애와 초등학생 남자애, 그리고 하나코가 있었다.

"죄송해요, 동생들이 오랜만의 손님을 보고 싶어 해서요."

남자애는 아예 내 위에 앉아 한국어로 물었다.

"형아는 언제 왔어?" "형아, 몇 살?"

남동생은 열두 살 치후유(千冬, 천 개의 겨울), 여동생은 열다섯 살 하루카(遙香, 널리 퍼지는 향기)라고 했다.

"너희들 전부 이름이 예쁘다. 부모님께서 정말 잘 지어주신 것 같아."

번역기 음성이 들리자 아이들이 함성을 지르며 "이이 코!(착한 아이)"를 연발했다. 하나코가 미소 지으며 말했다.

"이 아이들은 가온을 좋은 사람이라고 생각해요."

그때 까맣게 잊고 있던 후지산이 머릿속을 스쳤다.

"저기, 후지산을 보려면 어디로 가야 해요?"

치후유가 내 손을 잡아 이끌었다. 오후 5시, 해가 빨리 지는 일본이기에 마음이 급해졌다. 나도 모르게 하나코의 손을 잡고 물었다.

"저기! 후지산을 지금 당장 볼 수 있을까?"

하나코는 미소 지으며 답했다. "함께 가요."

동네 작은 동산에 오르자 그 경관이 펼쳐졌다. 보랏빛 석양이 지는 하늘, 맑은 공기, 선선한 바람. 저절로 "행복해"라는 말이 나왔다. 내 눈앞에 흰색 물감을 콕 찍어 바른 듯한 거대한 설산이 실재하고 있었다.

신기하게도 겨울 공기가 서려야 할 내 왼손에 누군가 손을 꼬옥 잡아주는 듯한 따뜻함이 감돌았다. 왼손만이 차갑지 않았다. 두 눈은 후지산을, 두 손은 내 심장을 향한 채 나지막이 읊조렸다.

엄마, 보고 있죠? 내가 후지산을 보고 있어. 지금 내 손을 잡아준 당신도 보고 있죠? 엄마, 정말 나와 함께구나. 나의 심장 박동이 느껴져요? 내가 저 설산을 직접 보고 느끼고 있어. 그러니 이 손 놓지 말고 엄마도 확실히 봐. 저 산은 이미 우리의 산이야.

뜨거운 눈물이 뺨을 타고 흘렀다. 하나코가 다시 눈물을 닦아주었다.

"……앞으로 제가 매일 후지산을 보여드릴게요. 당신이 그리워하는 사람에게도요. 그러니까 울지 말아요. 당신의 얼굴에서 너무 슬픈 게 보여서 저도 모르게 울게 되잖아요.”

나는 번역기를 통해 답했다.

“실은 저, 후지산을 오르기 위해 일본에 왔어요. 제게는 살아갈 이유가 더는 남지 않았거든요. 그런데 당신들을 만난 건 정말 큰 행운이에요. 제 꿈을 당신들이 이루어 준 거나 다름없어요. 감사합니다, 진심으로요.”

내 말에 하나코와 동생들은 함께 눈물을 흘렸다. 타인을 이토록 깊게 이해해주는 이들을 보며, 내가 겪어온 세상이 잘못된 것이었을지도 모른다는 생각이 들었다.

고후의 밤은 아름다웠다. 비좁고 탁한 내 방의 벽지 대신, 맑은 밤공기와 포장마차의 등불들이 축제처럼 펼쳐져 있었다. 흑백의 거대한 후지산이 마을을 지켜주는 듯 서 있었다. 나는 희망한다. 엄마와 함께 이 모든 것을 느낄 수 있기를.

사람의 마음은 계기만 있으면 각성할 수 있다. 사랑, 책임, 혹은 죽음으로부터. 나는 ‘사랑하는 이의 죽음’으로 자살을 결심했지만, ‘사랑하는 이의 바람’으로 그 결심이 무너지는 경계에 서 있다. 후지산을 오르고 난 뒤 무엇을 할지 아직은 알 수 없지만, 적어도 이 인연들을 지켜나가고 싶다.

어스름한 달빛 아래, 하나코가 나를 기다려주고 있었다.

“미안, 많이 기다렸지? 생각을 정리할 게 있어서.”

“괜찮아요. 생각이 많아지는 건 당연한 거니까요. 게다가 고후의 길, 잘 모르잖아요."

달빛에 비친 하나코의 눈동자는 영롱했고, 그녀의 피부는 더욱 뽀얗게 빛났다. 나는 이제야 깨달았다.

"오늘은 달이 참 예쁘네요."

이 문장이 왜 '사랑한다'는 말의 대신인지. 달이 예뻐서가 아니라, 달빛 아래 있는 그 사람이 너무나 아름다워 차마 눈을 맞추지 못하고 내뱉는 수줍은 고백이었음을.

"나에 대해 더 알려달라고 했지? 내 이야기를 전부 들려줄게. 대신 나도 너에 대해 더 알고 싶어."

내 질문에 돌아온 하나코의 대답은 번역기에 이렇게 적혔다.

「今日は月が綺麗ですね。」

(오늘은 달이 참 예쁘네요.)

8. 우리 하나코는요

야마노 하나코. 내가 생각해도 참 좋은 이름이다. '산속 꽃의 아이'. 우리 아버지가 지어준 이름이다. 나는 19살, 야마노 하나코. 2 대째 내려오는 부모님의 작은 민박의 일을 도와드리며 생활하는 중이다.

내가 중학생이 되었을 무렵 원래는 교토의 회사에서 셀러리맨을 하시던 아버지는 조부모님의 계속되는 권유와 고된 회사 일에 지쳐 민박을 물려받아 그때부터 우리 민박이 다시 정상 영업을 하기 시작했다. 아버지가 회사에서 나오셨기 때문에 순수입은 오로지 민박의 숙박비. 그것으로만 온 가족이 생활해야 했기 때문에 조금 힘들었지만, 내가 17살이 된 이후로 부모님은 객을 더 이상 받지 않고 민박을 식당으로 개조해서 요식업으로 전향하셨다.

왜냐하면 후지산을 보려고, 오르려고 오는 사람들은 주변에 있는 큰 호텔이나 유명한 숙박업소를 가기 때문에 장사가 잘 되지 않아서였다. 그동안 나는 빨래나 설거지 같은 잡일을 도맡아 했는데 알다시피 우리 형제는 삼남매로, 적지 않은 인원이다. 사실 나는 고등학교에 가지 못했다. 이유는 내 동생들의 학비 마저 빠듯하게 내는 마당에, 나의 고등학교 학비까지 낼 여유가 없었기 때문. 그럼에도 나는 그간 엄마 아빠가 얼마나 열심히 살아왔는지와 우리 집

형편을 잘 알고 있기 때문에 곧 이해하고, 수긍했다.

나의 꿈은 우리 민박을 다시 재가동해, 지역의 메이저 숙박업소로 만드는 것이다. 왜냐하면 다양한 인종의 사람들, 다양한 성격의 사람들이 우리 집을 오고 간다는 것이 재밌고, 그들과 어우러져 새로운 언어와 문화를 배우는 게 흥미로워서인데, 그중 한국인 손님들이 특히나 마음에 들었다. 한국인 손님들은 모두 친절이 몸에 배어 있고, 하나같이 상냥했던 기억이 유독 많이 있다.

그렇게 한국어를 조금씩 배워나가기도 하고 한국의 케이팝이나 문화에 대해서도 관심이 생겼는데 그 흥미도 잠시였다. 당시엔 내가 중학교를 다니던 때로, 말했듯이 우리 민박이 제 기능을 하지 않게 된 것은 내가 중학교를 졸업할 나이 즈음이었다. 이유야 뭐가 되었든 나는 과거에 머물지 않는 사람이고 싶어 어떻게든 중학교 때의 기억을 지우려 했지만, 도무지 잊을래야 잊을 수가 없다.

중학교 시절, 나는 왕따였다. 먼저 이 마을은 관광화 된 마을이지만 그 탓에 유치원이 없고, 초등학교도 없으며 오로지 중학교만 있는데 이것이 문제다. 이 마을의 어린아이들은 유치원과 초등학교가 없기에 배움은 각자의 부모님으로부터 배우고, 남는 시간에는 항상 모이는 공터가 있는데 그곳에서 마을 어린아이들 모두가 모여 논다. 그렇기에 각자 부모님의 직업이 무엇인지, 가족관계는 어떻게 되는지를 자연스레 모두가 알게 되는데, 개중에 민박을 하는 집은 우리 집밖에 없었다. 주변 호텔과 리조트로 인해 다들 엄두를 못 내고 있었기 때문이었다.

……분명 13살 무렵까진 괜찮았는데, 중학교에 입학하고나선 이상한 소문이 돌기 시작했다.

"야마노 양의 민박, 손님을 불법 접대하는 숙박업소라는데?"

라고, 입학식 무렵 나와 가장 친했던 단짝 아오이가 나와 대판 싸운 이후 우리 집 사정을 알고 있으면서도 말도 안 되는 소문을 낸 것이다. 입학식이 지나고 얼마 되지 않을 무렵에 그런 소문을 내니, 나는 누구와도 친해질 수 없었고 그 누구도 내게 다가오지 않았다. 내가 복도를 걸어갈 때나, 이동 수업이 있을 때면 여자아이들은 날더러 "더러운 일을 하는 집의 계집애"라던가 남자아이들은 "나도 쟤네 집 가면 쟤한테 접대받을 수 있냐?"라며 성희롱을 해댔다.

그런 것들에 지쳐 언젠가 나는 한번 반에서 큰소리로 울분을 토해낸 적이 있었다. 우리 집은 그냥 평범한 민박이라고, 접대 같은 것은 일절 하지도 않는다고 말이다. 이때였다, 당시 1학년에서 제일 잘나가던 소라키 나오가 반의 모두가 보는 앞에서 내 얼굴을 향해 물통을 던진 일이 있던 때. 반 아이들은 순식간에 조용해졌고 곧이어 머리가 매우 아파왔다. 엄마가 몇 년을 걸쳐 손수 만들어주신 내 세라복은 물에 흠뻑 젖었으며 다리에 힘이 풀려 그대로 주저앉게 되었는데, 그것에 멈추지 않고 소라키 나오가 또박또박 말했다.

"웃기고 있네, 숙박비 지불을 체크아웃 할 때 하는 이유도 접대비를 계산해야 하니까 그런 거라며?"

……순간 머리가 새하얗게 되었다. 아오이와는 조그맣던 시절부터 친구였는데, 정말 사소한 이유인 자기가 아끼는 물건을 잃어버려놓고선 내가 훔쳐간 것으로 여겨 시작된 싸움으로 이렇게나 말도 안 되는 소문을 냈다는 것인데, 들끓는 배신감과 원통한 감정을 참을 수 없어 날 향해 웃으며 내려다보는 아오이를 향해 울부짖었다. 그날 나는 네가 아끼는 그 물건을 훔치지 않았다고, 우리 집 사정을 제일 잘 알고 있는 사람이 다름 아닌 너인데 어떻게 나한테 이럴 수가 있냐고.

그러나 돌아오는 것은 소름 끼치게 차가운 아오이의 한 마디.

"닥쳐, 도벽쟁이에 더러운 집안의 계집애야."

당시 난 너무도 서럽고 화가 나 앉은 채로 엉엉 울 수밖에 없었다. 다음 교시 선생님이 들어오기 전까지 말이다. 곧 들어온 선생님은 나를 보고선 매우 놀라시더니 소라키 나오와 아오이, 방관하는 아이들을 자리에 앉으라고 다그치시고는 나를 양호실로 보내셨다.

……정말로 역겨웠다. 저런 허무맹랑한 말을 믿는 방관자들도, 내게 물병을 던진 소라키 나오도, 제일 소중한 친구였던 아오이도 전부 너무나 역겨워서 구역질이 나왔다. 그날 양호 선생님께서는 날 조퇴시켜주셨고 나는 낮이지만 어둡고 비가 쏟아져 내리는 논밭 옆길을 울면서 달렸다.

아오이는 어쩜 그렇게나 잔인한지, 소라키 나오는 어떻게 그리 폭력을 쉽사리 저지르는지, 그 소문을 곧이곧대로 믿고 퍼뜨린 아이들은 어쩜 그리 멍청한지, 세상 모든 것이 너무나 싫어져서 우산도 쓰지 않고 무작정 달리다가 몇 번 미끄러져 논밭을 굴러 세라복이 아예 흙탕물에 다 젖을 때쯤 시끄러운 빗소리 못지않게 나의 울음소리가 논에 울려 퍼졌다.

"이대로 사라지고 싶어."

"아니, 그 애들이 사라졌으면 좋겠어."

"아오이도, 소라키 나오도 모두."

그런 생각들이 넘쳐흘러 울음으로 바뀌어 쏟아져 나왔다. 그렇게 주저앉아 삼십 분은 울었던 것 같다. 그러다 어느새 내 머리 위로 비가 내리지 않길래 위를 올려다봤더니 사와루코 아주머니가 내 머리 위로 우산을 씌어주시며 걱정스러운 얼굴로 괜찮냐고 물어보시는 것이다. 사와루코 아주머니는 엄마의 친구이자 이웃집 슈퍼 주인이다. 아주머니의 괜찮냐는 말에 서러워져 눈물이 더욱 쏟아져 나왔다.

"아가, 이 추운 날 이리 엉망으로 비를 맞고 있으면 어째……"

"……무슨 일이 있었던 거니?"

나는 흐느끼며 말했다.

"……우리 민박이…… 불법 업소라고…… 더러운 집안의 딸이라고…… 아오이가 학교에 소문을 내는 바람에…… 애들은 성희롱을 하고…… 소라키 나오라는 애는 물병을 던지는데……"

너무 서러워 말을 잇지 못하자 아주머니는 눈물을 글썽이며, 또 어딘가 매우 화난 듯한 표정으로 슈퍼로 데려가 몸을 녹이게 해주셨고 따뜻한 코코아를 한 잔 내주셨다. 그러고는 엉망이 된 나의 세라복을 직접 빨아주시고 욕실을 내어주시며 씻고 나와서 조금 진정하라고 하셨다. 욕조에 들어간 나는 이제 앞으로 학교를 어떻게 다녀야 할지, 또 어떤 괴롭힘을 당할지 현실이 자각되어 무서워졌고 여러 고민이 들었다. 아직도 나올 눈물이 있었던 모양이다. 차마 소리 내어 울지 못하고 입을 막고 흐느껴 울었다.

그렇게 한참을 울고, 욕조에서 나와 거울 앞에 섰다. 왼쪽 무릎에는 주저앉았을 때에 생긴 멍이 있었고 이마에는 소라키 나오가 던진 물병 때문에 생긴 피멍이 들어 있었다. 아주머니께서 보시면 더 걱정하실까 봐 어쩔 줄 몰라 하던 때에 세라복 세탁이 다 되었다며 앞에 둘 테니 입고 나오라는 사와루코 아주머니의 말에 이마의 상처는 평소 내리지 않던 앞머리로 가리고, 무릎의 멍은 그저 둔 채로 옷을 입고 욕실에서 나왔다.

탁자에는 물 한 잔과 계란 과자가 놓여 있었고, 걱정스러운 눈빛으로 사와루코 아주머니와 남편 시게루 아저씨가 앉아계셨다.

"하나코, 너희 어머니께서 곧 오실 거야. 그전에 무슨 일이 있었는지 우리한테 조금 알려주련?"

나는 울먹이며 말을 이어나갔다. 아오이와 오해가 생겨 싸운 것부터 오늘 있었던 일까지 전부 다 말이다. 내 말이 끝나자마자 시게루 아저씨는 화를 참지 못하셨는지 담뱃대를 세게 내려놓으시고, 사와루코 아주머니도 그 애들 부모님을 봐야겠다며 매우 화를 내셨다. ……나는 그저 막막하기만 할 뿐이다. 어른들에게 도움을 요청해도 아이들은 아이들만의 세계와 사회가 있다. 어른들은 개입 못하는 영역 말이다.

앞으로 학교를 어떻게 다녀야 할지와 그 애들을 다시는 보고 싶지 않다는 말을 끝으로 엄마와 아빠가 슈퍼 안으로 들어오셨다.

"하나코……! 하나코 괜찮니?"

엄마와 아빠는 너무나 걱정스러운 눈빛으로 나를 살폈다. 부모님을 보자 눈물을 참을 수 없었던 나는 소리 내 엉엉 울었다.

"엄마…… 아빠…… 나 어떡하면 좋아?"

엄마는 그런 나를 부둥켜안으셨다. 아마 사와루코 아주머니께 상황을 들으셨던 모양이다. 아빠는 시게루 아저씨와 무언가 얘기를 나누셨다.

"하나코, 너 이마가 왜 그래?!"

기어코 엄마가 이마의 피멍을 봐버렸는데, 이마를 만지자 통증이 느껴져서 아픈 소리가 절로 나왔다.

"이새끼들 부모 낯짝을 보고야 말겠어."

아빠는 그 말을 끝으로 시게루 아저씨와 담배를 피우러 나가셨고 엄마는 나를 껴안고 우실 뿐이었다.

"아가…… 괜찮아…… 괜찮아."

엄마는 괜찮다는 말만 반복할 뿐이었다. 그러나 엄마는 사실 하나도 괜찮지 않았다. 나를 껴안은 엄마의 몸은 떨리고 있었고 호흡이 거칠었기 때문에 엄마가 괜찮지 않은 것을 단번에 알아차릴 수 있었다. 아빠의 트럭을 타고 가는 내내 엄마는 아빠에게 그 애들 부모를 봐야겠다고, 엄벌로 처벌하자고, 아예 학교 교장을 보자며 울분을 토하셨다. 아빠도 그럴 생각이라며, 그냥은 넘어가지 않겠다고 하셨다.

그날 밤 나는 심하게 아팠는데, 비를 너무 맞은 탓인지 열이 펄펄 끓었고 이마의 통증은 곧 심한 두통으로 바뀌었으며 미음을 먹어도 죽을 먹어도 전부 토했다. 하루카와 치후유는 영문도 모른 채 무거운 집안 분위기를 살폈고, 밤이 깊어 가도록 멈추지 않는 이야기를 나누는 부모님을 대신해 나를 간호했다. 너무 아프고 속이 좋지 않아 눈물만 나왔기에 잠도 잘 오지 않았다. 동생들이 나가고 엄마가 물수건을 들고 방으로 들어오시며 열이 끓는 몸을 차가운 물수건으로 살살 닦아주셨다. 물수건이 닿을 때마다 몸에 한기가 맺히는 듯한 느낌에 앓는 소리가 절로 나오며 아마 잠을 잘 수 없을 것 같은 기분이 들었다.

그러나 내가 어릴 때 자주 불러주시던 자장가를 부르는 엄마의 목소리에 나는 어느새 잠이 들 수 있었고, 이윽고 어떤 이상한 꿈을 꾸게 되었다. 꿈에서의 내가 하늘을 날고 있었다. 또 보이는 풍경은 어떤 도시 같은데, 우리 동네는 아닌 것 같았다. 그러다가 어느 허름한 골목길에 있는 낡은 집의 창가 앞에서 나는 멈춰 떠 있었다. 그 안으로는 쓰레기 봉투, 술병으로 보이는 초록색 병들, 옷가지들이 있었고, 그 사이 가운데에 한 소년이 쭈그려 앉아 울고 있는 것이 보이는 게 아닌가.

어찌나 서럽게 우는지 내가 우는 것과는 비교할 수 없을 정도로 큰 울음소리와 맺혀있는 한이 그대로 느껴져 오는 것 같았다. 그 울음소리를 듣고 있자니 너무 마음이 아파오고 가슴 안쪽이 시려와 너무도 위로해주고 싶었다. ……참 신기한 일이다. 저 소년에게 다가가고 싶다고 생각하기만 했는데, 생각을 하자마자 내 몸이 창살을 통과해 그대로 그 소년에게로 가는 것이 아닌가. 소년의 앞에 서서 나도 쭈그려 앉아 울고 있는 그 얼굴을 조심스레 바라보다가 위로를 해주려 입을 열었지만 어째서인지 말이 나오질 않았다.

그래서 다행이다. 말이 아닌 행동을 먼저 할 수 있어서. 그래서였을 것이다. 말없이 그 소년을 안아준 것은. 내가 안아주자 소년과 나의 사이에 노란 빛이 생기고 그 빛은 곧 우리를 감쌌다. 그러자 소년은 더 이상 울지 않았고 그저 미소를 지었는데, 그것은 내가 본 미소 중 세상에서 제일로 예쁜 미소였다. 나는 그 미소 지은 얼굴을 더욱더 가까이서 보고 싶어 다가갔지만 어느 순간 빛이 급격히 밝아지더니 꿈에서 깨어나게 되었다.

꿈에서 깬 이후로는 그 얼굴과 생김새는 기억나지 않고, 그저 그 소년 입가의 미소만 기억에 남는다. 그게 첫 번째였다, 내가 소년을 보는 이 꿈을 꾼 것이. 맞다, 이후에도 나는 수도 없이 꿈속에서 그 소년을 봐왔다. 가장 최근 이 꿈을 꿨을 때는 내가 그 소년의 옆에 앉아 손을 잡아주던 때였는데, 그게 가온이 우리 집에 오기 약 이주 전에 꿨던 마지막 꿈이다. 나는 몇 년에 걸쳐 두 달에 한두 번 꼴로 그 꿈을 꿔온 것이다.

다시 중학교 때로 돌아가자면, 그날 이후 학교폭력 위원회가 소집되어 피해자 신분으로 참석했고 소문을 퍼트린 장본인 아오이는 정학 및 분반, 물병을 던진 소라키 나오는 강제 전학 처분을 받았다. 이후 나는 조용히, 마치 없는 듯이 학교를 다니다가 중학교를 졸업한다. 남들 다 한다는 부활동도 하지 못하고 말이다. 그러나 미련은 없다. 오로지 지금 내게 있는 것은 우리 가족과 유키야마 민박의 부흥, 그리고…… 무언가 슬프고 아픈 사연이 있는, 저기 저 후지산을 좋아하는 이 소년의 이야기를 듣고 위로해 주는 것뿐이다.

9. 서막의 끝, 꽃들의 이야기 시작

오늘은 유독 아침 일찍 눈이 떠졌다. 잠결에 전날 밤 보았던 후지산이 아직도 눈에 아른거리기에 더 이상 잠을 청할 수 없었기 때문이다. 번역기를 가지고 아래층으로 내려가자마자 어제 아침과 똑같이 밥을 짓고 계시는 미야카 아주머니와 똑같이 신문을 보고 있는 마사키 아저씨, 식탁을 닦고 있는 하나코가 보였다.

일본어로 아침 인사는 '오하요'라고 한다. 난 그것을 알고 있었기에 그리 말했다. 그러자 모두가 내게 잘 잤냐고 물어봤다. 나는 어젯밤 하나코와 동생들이 후지산을 보여줬고, 그 후지산의 거대한 모습이 눈에 아른거려 잠에서 일찍 깼다고 말했다. 하나코와 동생들은 아저씨, 아주머니께 어젯밤 들었던 나의 사정을 알리고 싶지 않았는지 그냥 내가 후지산을 보고 싶어 했기에 데려갔다 라고만 말한 듯하다.

곧이어 아침 식사가 차려지자 하나코의 동생들은 서로 맛있는 반찬을 먹으려 다퉜고 하나코는 반찬투정 하면 못 쓴다며 동생들을 지적했다. 그런 모습을 보고 있자니 나는 이런 평범한 가정의 모습에 더욱 매혹 되어 그것을 나 또한 함께 느끼고 싶었다. 그와 동시에 뇌리에 스치는 것은 후지산을 오르는 것. 나는 지금 당장이라도 후지산에 오르고, 아래로 펼쳐지는 광경을 보고 싶었다.

60

”저기, 저는 곧 후지산을 오를 생각이에요. 혹시 후지산의 등반 루트를 알 수 있을까요?“

번역기를 통해 야마노 일가에게 물어봤다. 그런데 이들 모두가 뭔가 잘못되었다는 눈빛으로 일제히 나를 보는 것이 아닌가? 하나코가 조심스레 말했다.

”저... 후지야마는 7월에서 9월까지만 등산 할 수 있어요. 혹시 모르셨나요?“

……뭐? 순간, 생각이 전부 멈춤과 동시에 너무 놀라 다시 되물었다.

”그러니까, 후지산을 등산 할 수 있는 시기가 여름……이라고요?“

하나코는 조심스럽게 고개를 끄덕였다.

”원래 말씀 드리려 했는데…… 가온이 먼저 잠에 들었어서 말 못 했어요. 지금 당장은 후지야마를 오르지 못해요.“

아…… 이건 정말 있을 수 있는 최대 변수다. 하나코의 말대로라면 나는 여름이 올 때까지 쭉 일본에 있어야 한다는 것인데, 그럼 반년이라는 시간이 붕 뜨게 된다. 당연히 등반 시기를 기다릴 생각이지만서도 반년이라는 공백기가 나에게 너무나 크게 다가왔다. 또한 전문 산악인도 특별한 이유가 아니라면 관청에 허가를 받아야 한다고 마사키 아저씨가 말했다.

생각이 많아지고 말이 급격히 없어진 내게 하나코가 조심스레 말을 걸어왔다.

"혹시…… 가온이 괜찮다면 여름 전까지 우리 집에 머무는 건 어때요?"

나를 보는 하나코의 눈에는 무언가 기대에 차 있는 것이 보였다. 그것이 무엇인지는 잘 모르겠지만. ……사실 어쩔 수 없다. 별다른 선택지가 없기 때문이고 이미 이들과 맺은 인연 또한 계속 이어나가고 싶기도 했기에 나는 알겠다고, 매달 숙박비를 내며 여름까지만 신세를 지겠다고 번역기를 통해 말했다.

미야카 아주머니는 떨떠름해 보였지만 허락 하셨고 마사키 아저씨는 오랜만의, 그것도 딸이 데려온 손님이 장기 숙박을 원한다면 본인도 좋다 하셨다. 그렇게 꽤나 충격적인 아침 식사가 끝나고 나서 나는 하나코에게 정중하게 부탁했다.

"하나코, 괜찮다면 나에게 일본어를 가르쳐 줄 수 있어?"

붕 뜬 시간 동안 이 나라의 언어를 배워놓는 것이 탁월하다 생각했기에 부탁한 것이다. 그 말을 들은 하나코는 환하게 웃으며 있는 힘껏 도와주겠다고 말했다. 하루카도 같이 돕겠다고 하고, 치후유는 자신의 교재를 빌려주겠다고 했다. 나는 이곳에서 느끼고 있는 이 따뜻한 감정을 매우 좋아하게 된 걸지도 모른다. 나의 원래 현실과는 거리가 멀지만 나의 가장 원하는 것이었던 이러한 감정이 나를 행복하게 하기에.

감상에 젖어 있는 것도 잠시, 하나코가 자신의 방으로 가 공부

를 알려주겠다고 한다. 그러다가 급하게 방 정리만 하고 나오겠다
며 방으로 뛰어가는 하나코가 왠지 모르게 귀여워 보인다. 나는 사
실 여자애의 방을 한 번도 들어가 본 적이 없고 더불어 여자애와 말
한마디 잘 섞어본 적도 없다.

"이게 뭐라고 이리도 긴장이……"

우물쭈물하고 서 있다가 방문이 열렸다.

"들어와요!"

처음 들어가 본 하나코의 방은 인테리어가 정말 깔끔했고, 아
로마 향이 났으며 벽지가 분홍색이어서 귀여웠다. 뭔가 쑥스러운
기분이 들어 방 입구에 서 있기만 하자 하나코가 의자에 앉아 어
서 와서 앉으라는 손짓을 했다. 좀 전, 치후유가 빌려준 일본어 기
초 문장 교재와 하나코가 중학교 때 쓰던 것으로 보이는 책으로 공
부를 시작했다.

"가온, 먼저 기본적으로 일본은 인삿말이 시간대마다 달라요.
아침 인삿말은 오하요. 낮이나 보통은 곤니찌와, 그리고 밤에는 곤
방와."

그렇게 인삿말부터 시작해서 여러 음식의 이름, 이동수단의 명
칭, 실생활 문장 등의 발음과 뜻을 알려주었다. 히라가나와 가타카
나는 그 다음이라고 했다. 우선 기본적인 의사소통이 먼저라며 하
나코는 꽤 열심히 나를 가르쳤다. 정말 오랜만에 공부다운 공부를
한 것 같은데, 그것도 장장 세 시간을 걸쳐서 말이다.

하나코는 잠시 휴식 시간을 가지자며 간단한 요리와 차를 내오겠다고 하고선 방을 나갔다. 아주머니는 친구분들을 만나러 가셨고 아저씨는 이웃집 배관이 고장 나 고치는 것을 도와주시러, 하루카는 학교에, 치후유는 공터로 놀러 나갔다. 그래서 그런가? 지금 유키야마 민박의 분위기는 조용하고 어딘가 나른하다. 나른한 기운이 슬슬 몰려오더니 이내 나는 잠에 들어 버렸다.

이번에도 그 노란 꽃이 나오는 꿈을 꿨는데, 장소가 달랐다. 내가 탁하고 좁은 방에 있는 것이 아닌 새하얗고 넓은 눈밭 위에 홀로 서 있는데, 하나도 춥지 않고 오히려 참으로 따뜻했다. 그렇게 눈밭을 거닐다가 매번 나오는 그 꽃을 발견했다. 그런데 이번에 본 그 꽃은 풀잎이 조금 뜯겨있고 꽃잎은 약간 시들어 있었다. 그 모습이 어딘가 안쓰러워 쭈그려 앉아 시든 꽃잎을 만지작대다가, 꽃에서 작은 빛이 뿜어져 나왔다.

순간, 말로 다 할 수 없을 만큼 따뜻했고 또한 포근한 빛이었기에 나는 절로 미소가 지어졌다. 한없이 웃음이 나와 그대로 꿈에서 깨지 않았으면 하고 생각하는 그때, 갑자기 눈이 떠졌다. 나는 책상에 엎드려 자고 있었던 모양이다. 나의 옆에는 하나코가 똑같이 엎드려 나를 보고 있었으니까. 그것도 정말 사랑스러운 표정으로 말이다. 그러고선 나지막히 말했다.

“그 미소, 가온이었구나?“

라고 말하며 내 손을 꼬옥 잡아주는 것이 아닌가. 순간 잠이 확

깨서 말문이 막힌 채로 하나코를 바라보았는데, 그녀의 표정은 마치 무언가가 해소된 듯, 개운하면서도 기뻐 보였다. 나는 하나코가 왜 그런 표정인지 이해할 수 없었기에 왜 그런 얼굴인지 이유를 묻자 하나코는 답했다.

"……그냥, 몇 년을 걸쳐 꿈속에서 봐왔던 그 예쁜 미소가 누구의 것인지 알게 되어서, 왜 그동안 그 꿈을 꿔왔는지가 이제야 납득이 되어서 도무지 믿기지가 않고 놀라운 거 있죠?"

도통 무슨 말인지 모르겠다는 내 얼굴을 가까이 맞대고서 하나코는 "우리, 서로에 대해 더 많이 알아가 봐요. 나는 당신이 너무나 궁금하거든요."라고 속삭였다. 나를 보는 하나코의 입가에는 미소가 번져 있었고 눈빛은 한없이 따뜻했다. 이 특유의 따스함. 꿈에서 그 노란 꽃을 봤을 때 느끼던 그 따스함과 비슷하다.

곧이어 나는 나의 이야기를 하나도 빠짐없이 하나코에게 전했다. 어렸을 적 이야기와 아버지의 파산, 지금은 돌아가신 엄마의 밤일과 나의 속사정들, 무엇보다 내가 일본에 온 이유까지. 누군가에게 나의 속이야기를 하는 것은 처음이었고, 야마노 일가 덕에 조금 묻혀진 엄마의 그리움이 말하는 새에 커져 어느샌가 나는 울면서 말하고 있었다. 그동안의 모든 일들이 감당하기 버거웠고, 너무나도 절망스러워서였을까. 몸이 떨려왔지만 끝까지 이야기를 이어나갔다.

내가 이야기를 하는 동안 하나코는 내 두 손을 꼬옥 잡아 주었고, 흐르는 눈물을 닦아 주며 고개를 끄덕이며 나의 이야기를 끝까지 들어주었다. 이야기를 마치자 하나코는 울고 있었다. 그러고선 말없이 나를 있는 힘껏 안아주었다. ……어쩜 이리도 느낌이 똑같을 수 있을까? 꿈속의 꽃으로부터 느낀 따스함이 이 아이에게서도 느껴진다. 그래서였을까, 나는 그녀에게 안긴 채 목놓아 울었다. 마치 벌어진 상처가 아무는 듯한 해소감에 더욱더 눈물이 흘렀다.

그런 나를 하나코는 토닥여 주며 많이 힘들었겠다고, 자신은 상상할 수도 없을 정도로 힘들었겠다며 격려해주었다. 그러고선 자신은 중학교 때 왕따였다고 자신의 이야기를 시작했다. 가장 친한 친구의 잔인한 배신, 다시는 보고 싶지 않은 내려다보는 시선들, 자신의 소중한 이들이 더럽혀지게 된 것들 전부를 다 토해내듯 말했다.

나는 살면서 한 번도 누군가를 위로해 보거나 격려해 본 적은 없지만, 이렇게나 착하고 작은 아이가 겪었을 고통과 아픔이 왠지 모르게 전부 가늠이 가서 하나코가 그러했던 것처럼 나도 하나코를 있는 힘껏 안아주며 많이 힘들었겠다고, 고생 많았다고 말해주었다. 하나코의 눈동자엔 마치 별이 서려 있는 것 같았다. 크고 귀여운 눈망울에 한 점의 별이 있어 반짝반짝 빛이 나는 것 같았다. 그런 하나코의 눈망울에서 눈물이 뚝뚝 흘러내렸다. 나는 하나코가 그러했던 것처럼 말없이 눈물을 닦아주며 등을 토닥여 주었다.

우리는 그렇게 한참을 서로 안고 있었다. 서로가 서로의 아픔을 이해하고 위로해주며 우리는 한층 더 가까워졌음을 느꼈다. 이윽고 눈물을 닦으며 하나코가 말했다.

"사실…… 중학교 때의 그 일이 있고 나서부터 종종 꿈을 꿔요. 한 소년이 있는데, 지저분하고 어두운 방에서 한없이 울고만 있어요. 그걸 지켜보자니 나까지 가슴이 아려와서 꼬옥 안아주기도, 손을 잡아주기도 했어요. 그 소년의 얼굴은 잠에서 깨면 잊어버리는데, 특유의 아주 예쁜 미소는 기억에 남거든요. 아까 엎드려 자고 있던 가온에게서 정확히 그 미소가 보였어요. 다름 아닌 미소 지은 가온의 얼굴에서요. 그리고…… 제가 그 소년에게 다가가면 다가갈수록 말로 다 할 수 없는 따뜻함이 느껴지는데, 가온에게서 그 따뜻함이 똑같이 느껴지는 걸 알게 됐어요."

……설마. 설마 했다. 하나코의 꿈 이야기를 들으면서 설마 했는데…… 내가 꾼 꿈과 하나코가 꾼 꿈은 이상하리만치 매우 닮아있는 것이 아닌가. 하나코의 입장에서 본 울고 있는 방 안의 소년은 내 입장에서 본 나인 것이고, 내게로 다가오던 꽃이 나에게로 다가오던 하나코가 된다는 말인데. 나는 곧바로 내 입장에서 꾼 꿈의 시점을 얘기했다. 그러자 하나코 또한 매우 놀라며 믿기지 않는다는 표정을 지었다. 그도 그럴 것이 서로가 꾼 꿈의 시점이 일치하고, 정말 만화나 영화에서 나올 법한 일이었기 때문이다.

"그런데 가온은 노란 꽃을 봤다고 했잖아요? 그럼 즉, 그 꽃은 저일까요?"

음, 나는 그럴지도 모른다고 생각했다. 그리곤 말을 이어나갔다.

"그 꽃은 언뜻 보면 적색 같기도 하고, 진한 노란빛을 띠기도 했어. 그런데 아무리 조사해도 그 꽃의 이름을 알 수가 없더라고……"

그날 이 둘은 서로의 많은 것을 알게 되고 전과는 비교할 수 없을 정도로 더욱 가까워졌지만, 가장 중요한 사실은 알지 못했다. 꿈속 가온의 입장에서 본 하나코는 꽃의 형태로, 꿈속 하나코의 입장에서 본 소년은 가온, 그리고 항상 얼굴이 잊혀지던 채로 서로가 서로를 교차하는 꿈을 꿔온 것이다. 서로의 다른 시간선에서.

하나코가 태어난 날은 3월 24일. 그날의 탄생화는 '캘리포니아 포피'. 금영화라고도 불리는 노란 꽃, 캘리포니아포피의 꽃말은 '나의 희망을 받아주세요'.

가온이가 태어난 날은 5월 4일. 그날의 탄생화는 '딸기'. 아름다운 적색 열매꽃 딸기의 꽃말은 '행복한 가정'.

사람은 누구든지 이 세상에 태어나 인연을 맺고 관계를 형성해 나간다. 또한 태어난 수많은 사람들 각자에게 있어 인생을 좌우할 만큼 중요한 인연인 '운명'을 만나게 될 시기가 있고, 그것은 날 때부터 정해져 있다. 탄생화의 꽃말인 '행복한 가정'을 바라는, 현실은 그렇지 못한 성가온과 탄생화의 꽃말인 '나의 희망을 받아주세요' 그 말 그대로를 가온에게 전하고 있는 야마노 하나코.

아직 이 사실을 모르는 둘은 천천히 그리고 느긋이, 이제야 만나게 된 시간 속에서 둘만의 세계를 넓혀 나가기 시작한다.

나게 된 시간 속에서 둘만의 세계를 넓혀 나가기 시작한다.

10. 달이 참 예뻐도 너만큼은 아닐 거야

유키야마 민박에 머무른 지도 벌써 한 달 하고 일주일이 넘어 간다. 학교에 가지 않는 하나코는 매일같이 내게 일본어를 가르쳐 주었고, 배우는 재미가 쏠쏠해 이제 나는 야마노 일가와 일상적인 대화 정도는 나눌 수 있게 되었다. 가끔씩 하나코의 집안일을 돕기 도 하고, 치후유와 하루카가 좋아하는 눈사람도 같이 만들고, 매일 오후 5시가 되면 하나코와 함께 첫날 올랐던 동산으로 가 후지산 을 보고 내려온다.

이곳에서의 일상이 점점 익숙해져 감에 따라 내가 웃는 빈도가 많아진 것을 알 수 있었는데, 그것은 하나코의 몫이 컸다. 매일 낮 시간엔 같이 공터에 앉아 커피를 마시며 이런저런 이야기로 웃을 일이 많았고 매 식사 때마다 아주머니와 아저씨에게 내 칭찬을 많 이 해주었다.

"가온은 정말 다정하고 이야기를 잘 들어줘요."

라며 칭찬을 남발하는데, 살면서 이렇게 많은 칭찬은 처음 들어 봤다. 그리고 오늘, 오늘은 하나코가 제일 좋아하는 영화배우가 나 오는 영화를 보러 버스를 타고 시내로 나간다. 사실 이곳에 온 뒤 로 줄곧 마을에만 있다가 시내로 나가는 것과 일본의 대중교통을 타보는 것은 처음이기에 무척 떨린다고 하나코에게 조심스레 말하자 하나코는 지난 한 달간 가온이는 가르쳐주는 것을 열심히 배웠으니 자신감 가지라고 말하면서 자기가 있으니 걱정 말라고 한다. 원래는 치후유도 같이 가려고 했지만 우리가 볼 영화가 15세 이상이라 아쉽게도 데려가지 못한다.

영화관 출발 시간은 오후 2시. 지금은 오전 11시다. 슬슬 준비 하러 샤워실로 올라가려는데 하나코가 말을 걸어왔다.

"저어... 어떤 옷을 입어야 좋을까요?"

음... 아마 나는 이 말의 의도를 전혀 파악하지 못한 것 같다. 그저 편한 옷을 입으면 되지 않냐는 나의 답에 하나코는 뭔가 뾰루퉁해져 "그럼 가온이도 아무거나 입던지요!"라며 방문을 쿵 하고 닫는 것이 아닌가. 그 모습을 지켜본 하루카는 나보고 눈치가 없다며 놀려댔는데, ……솔직히 내가 잘못한 건가 싶었다.

우여곡절 끝에 나는 준비를 마치고 아래층으로 내려갔는데 아래층에선 예쁜 갈색 코트에 빨간 목도리, 추워 보이지만 귀여운 하얀색 치마를 입은 하나코가 나를 기다리고 있었다.

"가온... 나 지금 어때요?"

그래, 솔직히 인정할 수밖에 없다. 너무나 귀여운 하나코의 모습을. 나도 모르게 혼잣말로 "정말 예쁘다"고 말해버렸다. 그러자 하나코는 활짝 웃더니 내 손을 잡아 이끌며 다녀오겠다고 말한 뒤 집 밖으로 나섰다. 요 한 달간 나와 하나코는 부쩍 친해졌다. 내게 있어 하나코는 내가 못해본 것들을 경험 시켜주는 존재로, 한국에 있을 땐 보지 않았던 한국 드라마를 보여준다거나, 요즘 유행하는 노래들을 추천해주고, 한 번은 가라오케에도 데려가 주었는데, 나에게 있어서 전부 다 처음 경험하는 것들이었기에 하나코는 언제나 고마운 존재로서 자리 잡았다.

가라오케에는 한국 노래도 몇몇 업데이트 되어있었는데, 그중 나는 엄마가 즐겨 듣던 발라드를 불렀다. 그런데 하필이면 고음 파트가 많아 삑사리가 나서 굉장히 창피했었는데, 하나코는 웃지 않고 오히려 잘 부르고 있다고 칭찬해주었다. 정작 하나코는 왜 가수를 목표하지 않을까 싶을 정도로 음색이 예쁘고 옥타브도 높게 올라가는 노래 실력을 가졌다. 그녀를 점점 더 알아갈수록 이 아이의 매력에 빠져드는 나 자신을 발견할 수 있었는데, 아직 이 마음을 뭐라 설명해야 할지는 잘 모르겠다.

"가온, 나 조금 배고파요."

거리의 골목길을 지날 때쯤 하나코가 말했다.

"마을 입구 쪽에 타코야키 먹고 갈래? 많이 배고프면."

좋아요 라고 말하곤 배고프다며 빨리 가자는 하나코의 손에 이끌려 타코야키 포장마차까지 뛰어갔다.

"어머, 하나코~ 오랜만이네."

"나츠미 언니, 안녕하셨어요?"

타코야키 포장마차를 하는 이십 대 후반 정도로 보이는 여자와 하나코가 오랜만에 본 듯 반가움에 수다를 떤다. 얼떨결에 나도 타코야키 10피스를 주문했는데, 나를 유심히 살피더니 나츠미라는 여자는 하나코에게 물었다.

"하나코~ 드디어 연애 하는 거야?"

순간 사레가 들려서 켁켁 대는 나를 보곤 나츠미는 깔깔 웃으며 "어라~ 남자친구가 아닌가~?" 라며 장난을 치는데 왜인지 옆에 있는 하나코가 조용해서 돌아봤더니 양손으로 얼굴을 가리고 있는 것이었다.

"그런 거 아니에요..." 라며 쥐 죽은 듯 수줍게 말하는 하나코.

"아닌 게 아닌 거 같은데~?" 라며 더욱 놀려대는 나츠미. "저기, 그쪽 정말 하나코하고 무슨 관계야?"

능글맞게 물어보는 나츠미의 질문에 나는 민박의 투숙객이자 하나코의 친구라고 답했다. 그러자 둘이 잘 어울린다며 타코야키 5피스를 더 얹어주는 게 아닌가. 하나코는 아예 얼굴이 홍당무가 되어버렸다. 나는 어찌할 줄을 몰라 어리버리하게 서 있다가 하나코가 내 패딩 소매를 잡아 끌며 작은 목소리로 "어서 가요"라고 말했다.

그렇게 버스 정류장까지 아무 말 없이 서로 다른 곳만 바라보며 걷다가, 저 멀리 타야 할 버스가 오는 것이 보여 우리는 잽싸게 뛰어 버스에 올라탔다. 버스에 앉아 창밖으로 펼쳐진 일본 시골길의 풍경을 보던 내게 하나코가 이어폰 한쪽을 내밀었다.

"제가 제일 좋아하는 노래에요. 같이 들어볼래요?"

나는 이어폰 한쪽을 오른쪽 귀에 끼고 음악이 나오길 기다렸다.

僕は君の太陽になりたい。だから君は影に隠れずに、ちゃんと僕の前にいてほしい。

("나는 너의 태양이 되고 싶어, 그러니 너는 그늘에 숨지 말고 나의 앞에 제대로 있어줘")

확실히 하나코가 좋아할 만한 노래였다. 이런 좋은 가사의 음악은 또 어디서 찾았는지. 노래 가사가 좋다고 말해주자 하나코는 자기가 제일 좋아하는 가수의 최애곡이라고 했다. 무려 중학교 때의 그 일이 있기 전부터 들어온 노래인데 아직까지도 질리지 않는다고 한다. 그렇게 우리는 노래를 들으며 영화관 앞에 도착했다.

"가온! 지금부터 과제를 하나 내줄 거예요."

"과제? 갑자기?"

"제게 일본어를 배운 지 한 달이 넘었어요. 제가 잘 가르쳤는지, 가온의 일본어 실력이 늘었는지 확인하기 위해 영화 티켓과 팝콘을 살 때 가온이 직접 말해보세요. 물론 돈은 더치페이에요."

난감했지만 나도 나의 일본어 실력이 어느 정도인지를 파악하기 위해서는 꼭 필요한 과제 같았기에 흔쾌히 수락한 후, 카운터로 향했다.

"아노, 스미마셍 에가노 티켓 후타츠토 파푸콘모 후타츠 오네가이시마스."

(저기, 실례합니다 영화 티켓 두 장과 팝콘도 두 개 부탁드립니

다)

"하이 도죠, 돈나 에가니 에라베마스까? 소시테 파푸콘노 아지와 돈나 아지오 호시이 데스카?"

(네 어서 오세요, 어떤 영화로 고르시겠습니까? 그리고 팝콘의 맛은 어떤 맛을 원하십니까?)

아, 솔직히 난관이었다. 방금 전까진 좋았는데 '아지(맛)'의 뜻을 전혀 모르겠어서 난감하다. 흐름상 영화와 팝콘을 골라야 한다는 게 느껴져서 '너에게로 가는 진심 시즌 1' 과 캐러멜 팝콘 두 개를 골랐다. 번호표를 받고 하나코에게로 돌아가는데 하나코는 감격에 찬 얼굴로 나에게 엄지를 연신 치켜올렸다.

"와아, 가온은 확실히 제대로 공부를 했던 거네요, 장해요 장해!"

자신의 가르침이 헛되지 않았는지 기분이 좋아 보이는 하나코. 물론 나 또한 기분이 좋다. 불과 한 달 전만 해도 번역기에 의존해서 대화를 이어나갔던 자신이 이렇게나 성장했다는 뜻 아닌가. 원래의 현실에서는 느낄 수 없었던 성취감이라는 것이 느껴진다. 하나코가 내 두 손을 꼬옥 잡더니 앞으로 더 많이 가르쳐 줄 테니 열심히 해보자고 하며 씨익 웃어 보였다. 나 또한 지지 않을세라 웃어 보이며 "그러자" 라고 한 뒤 엄지를 치켜세웠다.

우리가 볼 영화는 슬픈 로맨스 영화다. 제목인 '너에게로 가는 진심' 을 보면 알 수 있듯이 말이다. 이 영화는 예고편이 나올 때부터 일본의 고등학생, 대학생들에게 인기가 많았던 모양이다. 하나코는 자신은 끝까지 울지 않을 자신 있다며 의기양양해댔다. 나는 뭐, 평소에 영화를 봤었어야 말이지. 사실 아무래도 좋았다. 그저 하나코와 함께하는 모든 것은 전부 처음이고, 즐거우니까 아무래도 좋았다.

한국에서도 영화관은 종종 가본 적이 있다. 어릴 때지만 분명 몇 번 갔었기에 영화나 영화관에 대한 기대는 딱히 없는 채로 상영관으로 향했다. 영화가 시작하기 전 나오는 광고 타임. 하나코는 벌써부터 팝콘과 콜라를 먹기 시작했다.

"하나코, 지금 다 먹으면 이따가 먹을 게 없어지잖아."

"괜찮아요! 이따가 먹을 양은 남겨둘 거예요."

이런저런 대화를 하다가 인트로와 함께 영화가 시작되었다. 영화의 주인공은 두 명이었다. 미대생 남 주인공, 여대생 여 주인공이었는데 남주와 여주는 약혼까지 한 사이지만 안타깝게도 남주가 시한부였다. 처음엔 여주가 너무 마음 아파할 것 같아 무작정 숨기는 남주였지만, 얼떨결에 병원 서류를 봐버려 알아챈 여주와의 씁쓸달콤한 러브 스토리.

슬픈 로맨스 영화라면 응당 있을만한 시한부 설정과 그에 따른 여 주인공의 헌신적인 사랑. 전부 예상 안이었기에 나는 그다지 몰입이 되진 않았지만 누군가를 잃는다는 그 설정에는 가슴이 아려왔다. 여 주인공의 헌신적인 간호와 사랑이 있었지만 결국 곁을 떠나고야만 남 주인공, 그리고 여 주인공을 위한 서글픈 유서까지...
그야말로 명작이었다.

그렇지만 나는 울음은 나오지 않았다. 저것은 어디까지나 픽션
이지만 나는 세상에서 제일 사랑하는 이의 죽음을 실제로 겪어봤
으니까. 내용은 와닿았지만 결국 울지는 않았다. 하나코의 경우는
조금 달랐는데, 영화를 보는 내내 이 아이는 정말 열심히 울었다.
사실 상영관 전체가 눈물바다였어서 오히려 내가 약간 돌연변이
같은 거다. 중간중간 우는 하나코의 눈물을 닦아주기도 했는데, 그
럴 때마다 아예 내 팔에 파묻혀 우는 것이 아닌가. 당황스러웠지만
이내 충분히 그럴 수 있다 생각하고 등을 토닥여 주었다.

……그렇다, 영화 엔딩이 나올 때까지 토닥거리느라 손목이 나
갈 뻔했다. 그렇게 영화가 끝난 후에도 하나코는 울음을 그칠 생각
이 없어 보일 만큼 울고 있었는데, 내가 쭈그려 앉아 하나코의 손
을 잡고 올려다보며 말했다.

"하나코, 분명히 저 둘은 슬프지만 행복했잖아? 분명 여 주인공
의 마음속에 남 주인공이 살아 숨 쉴 거야. 그러니 그만 울어, 응?"

이후, 돌아온 하나코의 대답은 나로 하여금 잠시 할 말을 잃게
만들었다.

"...저 둘의 이야기 때문에 우는 게 아니에요. 저 둘의 결말은 결
국 여자가 남자친구를 추억하는 것에 의의를 두고 슬픔을 털어냈
지만."

"가온이의 돌아가신 어머님 이야기가 떠올라서... 저건 어디까지나 각본이지만 가온이는 실제로 사랑하는 사람을 잃었잖아요..."

"영화는 영화로서 볼 때 슬프고 말겠지만, 무어라 말로 표현할 수 없는... 세상에서 제일 사랑하는 사람의 죽음을 현실에서 겪은 가온이가 너무도 안쓰럽다는 생각이 들어서..."

"...그게 이 영화의 내용과도 겹쳐 보여서..."

하나코는 영화 때문에 운 것이 아니다. 나의 사연 때문에, 그것이 영화의 설정과 겹쳐 보여서 운 것이다. 이 순간, 어떻게 깨닫지 아니할 수 있겠는가. 평생 어떤 인연을 또 만나더라도, 이렇게까지 나를 위해 울어주는 사람은 없을 거라는 것을. 깨달은 순간 나는 있는 힘껏 하나코를 와락 껴안았다. 엄마를 향한 슬픔이 다시 몰려오는 것도 있었지만 지금 흐느껴 울고 있는 이 아이의 마음이 너무나도 애틋하게 보였기 때문이다.

그렇게 우린 한참을 아무 말 없이 서로를 껴안은 채 울었다. 지나가는 사람 따윈 신경 쓰지 않고서 말이다. 곧이어 진정이 되었을 때, 내가 먼저 입을 열었다.

"있지, 나는 가장 가까이서 보고 싶어."

"...무얼요?"

"남을 위해 이렇게나 울어주는, 남을 위해 이렇게나 헌신하는 산속 꽃의 아이를. 나는 언제나, 가장 가까이서 바라보고 싶다는 생각이 들어."

　나의 말을 들은 하나코는 눈물을 닦더니, 이내 보여줄 것이 있다며 손을 잡고 말없이 영화관을 나와 무작정 걷기 시작했다. 아무런 말 없이 그저 손을 꼬옥 잡은 채로 걷고 또 걸어서 도착한 곳은 일본 전국시대의 흔적이 남아있다는 고후 성의 성벽길을 따라 이어지는 마이즈루 공원이었다. 화려한 장식의 성벽과 수놓아진 조명, 성벽을 따라 걷다 보면 나오는 외곽의 공간.

　"이곳은 전국시대에 지어진 고후 성이에요. 돌아가신 할아버지와 함께, 제가 아직 어릴 때 이 성 외곽을 많이 거닐곤 했어요. 그러다 찾아낸 공간이 바로 이곳, 가장 조명 빛이 잘 들어오지만 외곽을 따라 미로처럼 둘러싸여진 성벽 탓에 마을 사람들도 이 공간은 잘 모를 거예요."

　나는 천천히 주변을 살피며 정말 근사한 곳이라고 생각하며 할아버님께서 성의 제일 값진 곳을 찾으셨네 라고 말했다. 그러자 하나코가 나지막히 입을 열었다.

　"...언젠가 네가 커서 좋은 인연을 만났을 때, 이 사람이 아니라면 무엇이 되었든 의미 없다고 느껴지는 사람을 만났을 때. 그때, 그 사람과 함께 이 공간에서 조금 고개를 올리면 보이는 달을 보며 이윽고 달을 칭찬하라고 하셨어요. 가온, 있죠. 지금 그 인연이 당신인 걸까요?"

　"그리도 애타게 꿈에 당신이 나왔던 이유도, 그리고 그 꿈을 당신 또한 꿔왔던 이유도, 결국 우리가 만나기 위함이 아닐까 저는 생각해요."

　...진심으로, 나는 심장이 터질 것 같아 더 이상 하나코를 똑바로 보지 못하게 되었다. 하지만 나도 하나코와 같은 마음이다. 그러나 이런 순간에는 어떻게 해야 할지, 어떤 답을 내놓아야 할지 아무도 가르쳐 주지 않았기에 하나코가 했던 말들을 전부 되읊고만 있었다. 그렇게 점점 자신의 심장 박동마저 들려오던 그때, 하나코가 내 귓가에 작게 속삭였다. 일본어가 아닌 한국어로 나지막히.

　"가온아, 오늘 달이 참 아름다워."

　"있잖아, 만약 당신도 괜찮다면 ...이런 나의 희망을 받아줄래요?"

　아니다. 지금 내 얼굴이 뜨거운 것은 공간을 둘러싼 따뜻한 공기와 조명 탓이 아니다. 지금 나의 심장은 확실히 뛰고 있다. 지금 나는 제대로, 아주 제대로 살아있음을 느끼고 있다. 전부 네 덕분이야, 그걸 제대로 전하고 싶다. 그러나 그것을 배운 적 없다, 경험해 본 적 없다. 허나 확실히 알고 있다. 지금 내가 해야 할 것을.

　엄마는 나에게 살아있음을 만끽하고 마음껏 느끼라고 하셨다. 또한 내가 진정으로 살아있음을 알려준 사람은 다름 아닌 내 앞에 있는 산속 꽃의 아이. 더 이상의 주저는 없어야 한다.

　"...하나코. 잠깐 눈을 맞춰볼래?"

　올려다보는, 내려다보는 눈동자가 이내 움직이기도 전에 나는 달이 참 예쁜 그 밤에 달 따위는 비교할 수 없이 아름다운 사람에게 나의 모든 마음을 담아 있는 힘껏 껴안고선, 조금은 수줍지만 너무 뜨겁지는 않은 입맞춤을 했다.

"나의 대답은 이거야."

달이 참 예뻐도, 너만큼은 아닐 거야. 당신의 희망, 받겠습니다.

"지금부터는 나의 희망을 보여줄게."

그날, 하얀 눈이 쉴 새 없이 나리는 백야 속에서, 신겐 동상의 불빛이 다 꺼질 때까지, 우리는 우리라는 존재를 같은 시간 속에서 처음으로 찾아내었다.

11. 사카즈키고토

우린 밤늦게 마을로 돌아왔다. 오는 내내 나는 하나코의 손을 꼬옥 붙잡고 하나코가 해주는 이야기를 들었다.

"나는 가온이가 내 꿈에 나온 그 소년이라는 게 아직도 믿겨지지가 않아요."

사실 나 또한 믿겨지지 않았다. 내가 꿈에서 본 그 꽃이 하나코였다니, 그것도 꽃의 형태로? 우리는 막차 버스를 타고 돌아가는데, 흰 눈이 펑펑 내렸다.

"있죠 가온, 이렇게 쉴 새 없이 내리는 눈을 보며 소원을 빌면 이루어진대요."

버스에서 내린 나는 그 말을 듣고, 다름 아닌 엄마의 안식을 빌었다. 엄마가 있는 그곳에선 부디 평안하시라고, 또한 지금 이 나의 모습을 보고 계실 거라 믿으며 언제나 나와 함께 해달라고. 그리 빌었다. 이후에는 옆에서 두 손을 모으고 조용하게 무언가를 빌고 있는 하나코를 기다렸다가, 무슨 소원을 빌었냐고 물어보았다.

"미소가 예쁜 그 사람이 바라는 소원이 이루어지길 빌었어요."

...어쩜 이리도 선한지, 어떻게 이리도 따스한지. 나는 하나코에 대해 새삼 다시 느낄 수 있었다. 그리고선 이내 말을 이어나갔다.

"하나코, 알다시피 나는 가진 것도 남겨진 것도 없어, 그런데 너

82

는 나의 어떤 것을 그리도 맘에 들어 하는 거야?"

몇 초 되지 않는 정적이 흐르고, 하나코는 입을 열었다.

"저는 그 꿈에서 가온의 울고 있는 모습을 수차례 봐왔잖아요, 그 모습이 너무도 슬퍼 보여서 그저 곁에서 지켜주고, 위로해 주고 싶었어요."

"또한 그런 슬픈 모습과는 정반대로 꿈속 가온의 그 미소는 제가 본 미소 중에 가장 예쁘고 아름다웠기에 꼭 옆에서 더 많이 보고 싶었어요. 그러니까 그 소년의 슬픔도, 기쁨도 나는 전부 사랑하는 거예요."

내가 그 꿈을 꾸었을 때는 별 생각 없이 그저 무언가를 암시하는 꿈인가 싶었는데, 하나코는 완전히 달랐던 것임을 느낄 수 있었다.

"하나코, 솔직히 나의 슬픔과 사정을 이해해주고 위로해주며 그것에 그치지 않고 나를 사랑해주는 사람은 네가 처음이야. 그러니까... 그게... 그러니까... 네가 내 첫사랑이 아닐까...?"

추위 탓에 붉었던 하나코의 볼이 더 붉어지더니 이내 나를 와락 껴안으며 말했다.

"가온이의 첫사랑이라서 좋아요! 정말 영광이에요."

여러 번 서로의 꿈속을 누비던 우리가 기적처럼 현실로 이어지고, 그렇게 만나고, 서로의 마음을 나누고, 확인한 오늘은 너무나도 값진 날이 아닐까? 지금까지의 내 인생에서 제일 값진 오늘이었음을 안다. 그렇게 손을 잡고 천천히 걷다가 민박에 도착했다.

지금 시간은 오후 11시. 치후유는 자고 있었고 하루카는 난리 법석을 피우며 하나코를 자신의 방으로 끌고 가 오늘 어땠는지에 대한 얘기를 하는 것 같았다. 나도 위층으로 올라가려고 하는데, 마사키 아저씨가 나를 불렀다.

"가온, 잠깐 이야기 할 시간 되나?"

나는 가능하다 했고, 잠시 가져올 게 있다며 식탁에 앉아 있으라는 아저씨의 말에 무슨 일일까 생각하며 가만히 앉아 있다가, 아주머니께서 웃으며 다가오셨다.

"심각한 일 아니니 걱정 말거라, 원래 저 사람이 딸에 관한 일이면 무서울 정도로 관심이 많거든, 아마 지난 한 달 동안 너를 지켜봤을 거란다. 지금은 그 얘기를 하려는 거고."

내가 조금 긴장된다고 말하자 아주머니께선 그냥 묻는 말에만 네 마음 가는 대로 말하면 될 것이라고 말씀하시고는 늦은 야식을 준비하러 가셨다. 창고에서 돌아온 아저씨의 손에는 꼭 술이 들은 것으로 보이는 하얀색 호리병 두 병을 들고 오시더니 말을 꺼내셨다.

"자네... 올해 나이가 스무 살로, 성인이지?"

나는 그렇다 답했는데 갑자기 호리병 중 한 개를 내게 내밀며 앉으시는 게 아닌가.

"우리나라의 전통주인 사케란다, 그중에도 많은 종류가 있지만 이건 아마 자네 나라의 소주와 제일 비슷한 맛일 거라 익숙할 것이네.”

사실 나는 성인이 되었음에도 술이나 담배를 한 번도 해본 적이 없었다. 마시지 않은 게 아니라 정말 마실 여유도 이유도 상황도 되지 않았기에. 그렇게 아저씨께 술은 처음이라고 말씀드리자 놀라시면서도, 무언가 신난 듯해 보이셨다.

“당신 또 갓 성인이 된 애를 죽여놓으려고?”

“에이, 뭐 어때! 어차피 이 아이도 성인이고, 그간 봐온 정이 있으니 내가 아끼는 거 몇 잔 주거니 받거니 하려는 건데.”

“몇 잔은 무슨. 가온이 받기 싫으면 받지 않아도 돼!”

아주머니는 덴푸라와 미소 된장국을 가져오시며 내게 말했다.

“저 사람이 술로 떡이 되게 만든 네 또래가 이 마을에 넘쳐날 거야, 저 양반 악취미거든.”

아주머니는 갓 성인이 되거나 술을 마실 수 있는 나이의 사람들과 술을 마시며, 자신이 끝까지 살아남는 것에 재미를 느끼는 마사키 아저씨의 일종의 못된 취미라고 설명하셨다. 그 말을 들은 나는 조금 겁이 나기도 했지만, 술을 마시는 게 처음인지라 궁금하기도 하고 아버지가 그렇게나 마시던 게 술이었기에 나는 아버지처럼 이게 과연 하루가 멀다 하고 매일같이 마실만한 가치가 있는지 알고 싶어져 아저씨의 권유를 흔쾌히 수락했다.

마침 내일이 민박의 식당 휴업일이라 맘 놓고 마실 수 있어 기

쁘다고 하심과 동시에 어른에게 처음 받는 술이라 어정쩡하게 술
잔을 들고 있던 내게 마사키 아저씨가 일본의 술자리 예절을 가르
쳐 주셨다. 일본에서는 연장자에게 술을 따를 때 오른손으로 도쿠
리를 들고, 왼손으로는 병의 바닥을 살짝 받쳐준다고 한다. 부모님
에게도, 한국의 어떤 연장자에게도 술을 따라본 적이 없던지라 나
는 아저씨의 가르침대로 술을 따랐다.

아저씨는 한 잔 곧바로 들이키더니, 이번엔 나에게 따라주시려
하자 어렴풋이 알고 있던 한국의 술자리 예절인 연장자가 술을 따
라줄 때 한 손은 가슴에 얹고 약간 자세를 숙인 채 다른 한 손은 술
을 받는 모션을 취했다. 그러자 아저씨는 일본의 것과는 다르지만
네가 적어도 예의범절이 몸에 배어 있구나 라며 호탕하게 웃으시
며 술을 따라 주셨다.

…술이 이렇게나 맑고 투명할 줄은 몰랐다. 술잔 속 사케에 비친
내 얼굴이 보였기 때문이다. 술이 처음이라는 나의 말에 흥분한 아
저씨가 "뭐하나, 얼른 마셔보게!"라며 말씀하셨기에 뭔가 겁이 났
지만 이내 그냥 물을 마시듯 쭈욱 들이켰다.

아, 진짜로 고비였다. 입에 머금은 채로 아저씨의 얼굴에 그대
로 뿜을 뻔했기에 진짜로 고비였다. 애써 입안 가득 찬 술을 삼키
고 나는 바로 된장국을 마시려 하다가 일본에서나 한국에서나 연
장자를 앞에 두고 술잔을 비우자마자 게걸스럽게 입안을 헹구는
모습이 좋지 않아 보인다는 것을 알아채 억지로 웃으며 참 좋은 고

86

급 주류 같다고 말씀드렸다. 하지만 처음 맛보는 알코올 특유의 화한 맛과 심하게 쓴 향 탓에 나는 헛기침을 했다. 그러더니 아저씨는 집이 떠나갈세라 엄청 크게 웃으시는 게 아닌가. 그 소리에 놀라 방에서 나온 하나코와 하루카.

"아빠, 또 젊은 사람들한테 이상하게 술 먹이고 있죠!"

"가온, 괜찮아요?"

라며 아버지를 다그치는 하루카와 나를 걱정하는 하나코였다. 나는 이 정도는 괜찮다고 손사래를 쳤고 하나코는 이런 적이 한두 번이 아니었는지 지겨운 듯 아저씨를 보더니 가온이 걱정된다며 내 옆자리에 앉았다.

아저씨는 아랑곳하지 않고 내게 수차례 술을 따라주셨다. 그래서 어쩔 수 없이 나도 계속 마시고 마시며 아저씨의 빈 술잔에 따라드리는 것을 반복했다. 술은 참 신기했다. 무슨 생각을 하던 긍정적인 쪽으로 생각이 기울고 그간 일상적인 대화만 주고받던 아저씨와 가벼운 농담까지 주고받기도 하며, 점점 술잔을 기울이는 빈도가 늘어감에 따라 마치 뜨겁지만 기분 좋은 뜨거운 물에 들어온 듯한 느낌이 들며 솔직히 즐거워졌다. 그러는 와중에도 내게 술을 따르려는 아저씨를 막는 하나코였다. 의외로 술을 잘 마신다는 말을 반복하는 아저씨.

그래, 말 그대로 지금 내 마음속엔 고통과 슬픔이 없다. 정확히는 무뎌진 느낌이다. 하루가 멀다 하고 술만 퍼마시던 아버지란 사람이 어느 정도 이해도 간다. 그러다가 문득, 아저씨가 내게 물으셨다.

"지금 이 시기 네 나이면 한창 대학교를 다닌다거나 일을 할 텐데 너는 왜 타국에 여행을, 그것도 혼자 온 거냐?"

또한 그 오르기 힘든 후지산은 왜 올라야 하는지와 한국에선 뭘 했었는지를 무척이나 궁금한 표정으로 내게 물으셨다. 하나코가 내 눈치를 살피다가 귓속말로 "말하기 힘들면 안 해도 돼요."라고 걱정하며 말했다. 평소 같았으면 하나코 정도 되는 사람이 아닌 이상 속마음을 일절 꺼내지 않는 나였지만 뭐랄까, 술이란 참 신기하다. 마음속에 있는 무언가를 자꾸만 표출하고 싶고 내 아픔을 위로받고 싶다는 생각이 들었다. 그래서였을까? 나는 이윽고 천천히 말을 꺼내기 시작했다.

"...저희 집은 정말 가난했어요. 아버지는 저와 어머니에게 자신의 빚을 떠넘기며 도망쳤고, 제가 세상에서 제일 사랑하는 사람인 어머니는 빚을 갚으시다가 암에 걸려 돌아가셨어요."

이외에도 어릴 적부터 책에서만 봐오던 후지산을 직접 오르고 싶었고 동시에 그곳에서 죽고 싶었지만 엄마의 유서에 적힌 내용과 그에 따른 새로운 목표, 항상 나의 한 걸음 뒤에 계실 엄마와 함께 후지산을 보는 것 등 내 안에 있는 모든 이야기를 전부 토해냈다.

하나코는 언제나처럼 말없이 손을 꼬옥 잡아 주었다. 옆에서 이야기를 들은 미야카 아주머니께선 계속 고개를 위로 젖히시더니 결국 눈물을 흘리셨고, 마사키 아저씨는 몇 번 눈을 닦으시더니 갑자기 자리를 박차고 일어나 나를 안아주시는 게 아닌가. 그러곤 말씀하셨다.

"나 또한 어릴 때 아버지에게 학대를 받으며 자라왔네, 지금은 얼굴도 기억나지 않는 어머니는 그런 나를 두고 도망치셨고."

"그 고통을 전부 견디며 아들을 위해 도망치지 않으셨던 자네 어머니는 감히 말하건대, 세상에서 제일 위대한 어머니라 해도 과언이 아니네."

"다른 누가 뭐라 해도 이 야마노 마사키와 야마노 미야카, 야마노 하나코가 그렇게, 언제라도 몇 번이라도 말해주겠네."

"...참으로 대단한 어머니를 두었네. 지금도 자네가 세상에서 제일로 사랑하는 어머니께선 지금 우리의 대화도 듣고 계실 것이고, 우리와 함께 해온, 함께 할 일상에 안심하실 것이야."

"또한 끝내 그분은 보고야 말 것이지. 자네와 어머니 자신의 눈으로 꿈에 그리던 그 설산의 장관을. 그것을 우리는 발 벗고 도와줄 것이네. 또한 그 전까지 우리가 자네를 보살필 것을 지금, 약속하네."

나를 안아주시며 그렇게 말씀하시는 아저씨의 품은, 왜인지 돌아가신 엄마의 품만큼이나 뜨거웠고 진심이 느껴졌으며, 그렇게 나는 아저씨를 더욱 꽈악 안았다. 이곳 사람들은 모두 좋은 사람들이다. 내가 봐오던 이들과는 다르게 이곳의 사람들은 전부 남의 고통을 헤아릴 줄 알고, 또 그 고통을 위로할 줄 아는 이들이다. 나는 이렇게 생각한다. 어쩌면 지금까지의 모든 아픔들은 이들을 만나기 위한 과정이었다고.

그렇게 줄곧 안아주시던 아저씨는 다시 앉으며 진지하게 말씀을 꺼내셨는데, 먼저 하나코에게 물으셨다.

"듣거라, 하나코 너는 가온이라는 사람의 어디가 좋은 것이냐?"

"유추는 되는데, 내가 봐온 가온은 매일 너의 집안일을 도우며 또한 우리말을 배워왔고, 그것들을 하루도 거르지 않았지. 근면 성실이 이 아이에겐 배어 있어."

"그리고 이 아이는 그간 처음 보는 우리 아이들을 서스름 없이 잘 보살펴 줬으며 타국에 와서도 힘든 티, 싫은 티 하나 내지 않았지."

"...너도 그런 가온이 맘에 든 것이냐?"

하나코는 갑작스러운 아버지의 말에 당황한 듯하면서도, 또박또박 말하며 여전히 내 손을 잡고 있었다.

"저는... 가온이의 마음이 가장 맘에 들었어요, 항상 가온이는 제가 고민을 말하거나 어떤 이야기를 하면 눈을 똑바로 맞춰주면서 끝까지 들어주거든요. 또... 그리고..."

하나코는 말끝을 흐리다가 아주 조용한 목소리로 나지막히 말했다.

”저에게 달 따위와는 비교할 수 없을 정도로 예쁘다고 말해준 사람이에요.“

순간 나도 하나코도 볼이 새빨개졌고, 잡은 두 손에 땀이 날 정도로 세게 쥐고는 아저씨의 반응을 기다렸다. 한참을 조용히 고민하시는 듯한 마사키 아저씨. 그 정적을 깬 것은 다름 아닌 미야카 아주머니였다.

“양반아~ 우리 애가 이 정도로 좋아하는 사람은 가온이 처음이잖아~ 어서 당신도 그 마음을 솔직하게 말해!“

당황한 듯한 아저씨. 곧 말씀을 이어나갔다.

”우리 장녀, 하나코는 나에게 있어서 가장 큰 보물이자 아픈 손가락이네. ...그런데 그 아픈 손가락을 이제 어느 정도 떼어내도 괜찮을 것 같아.“

이 말의 뜻을 어렴풋이 이해한 나는 정말 기뻐 하나코를 향해 한껏 웃어 보였다. 그러자 하나코는 정말 기뻐 보였지만, 한편으론 믿기지 않는다는 표정으로 말했다.

“우리 아버지는 내가 초등학생 때도 중학생 때도 남자애들이 제게 다가오는 걸 보기만 하면 항상 쫓아내셨던 분인데, 그런 아버지의 입에서 이런 말이 나올 줄은 상상도 못했어요.”

“녀석아, 아버지가 그 정도는 아니었다.”

하나코와 아저씨가 이래저래 장난을 치는 사이 나는 잔을 따라 아저씨에게 드리며 말했다.

"제가 여기 있는 동안에는 계속, 계속 저로 인해 하나코의 행복한 얼굴을 쭉 보고 싶어요."

"...부디 그 행복을 허락해주세요."

일생일대의 용기를 갖고 말을 꺼내자, 아저씨는 조용히 잔을 받아 마신 후 나지막히 말씀하셨다.

"사카즈키고토."

"우리나라에서는 술잔을 나누며 뜻한 바를 함께 하거나, 또는 의형제를 맺을 때, 가족 같은 관계가 되고 싶은 누군가가 있을 때 한 자리에서 좋은 술을 나누며 서로의 뜻을 맹세하는 의식인 '사카즈키고토'가 있네."

"본래 이럴 때 쓰이는 의식은 아니지만, 나는 이미 하나코를 맡길 만큼 자네를 믿고 있고 자네의 그 여러 절망 속에서도 포기하지 않는 마음의 뜻과 의지를 깊이 존중하고 있어. 또 한편으로는 계속 함께하고 싶고, 동시에 자네를 인정하고 있기에 나는 방금 자네가 하나코와의 행복을 허락해 달라는 말과 함께 내게 준 잔을 '사카즈키고토'로서 받은 것이네."

이윽고 나는 우리의 행복을, 나의 소망을 허락해 달라는 말과 술잔이 혈연관계를 맺는 일본의 사카즈키고토로서 아저씨에게 닿은 것임을 알 수 있었다. 이내 나는 한 치의 주저함 없이 잔을 들고 말했다.

"아무것도 아닌 저를 이렇게나 좋게 봐주시고, 아무것도 아닌 나를 위해 항상 그 자리에서 힘이 되어주는 하나코와 마사키 아저씨, 미야카 아주머니. 정말로 감사합니다, 진심으로요. ...저에게도 잔을 따라 주세요.“

나는 머지않아 잔을 받아 마셨고, 그 이후의 나는 비로소 이들의 가족이 되어 있었음을 알 수 있었다. 나는 소망한다. 내게 나타난 기적과도 같은 이 인연이 끝나지 않았으면 좋겠다고, 마치 환상같은 이 이상이 끝나지 않았으면 좋겠다고.

“우리 하나코, 많이 웃게 해줘.” 이 말을 끝으로 아저씨는 자리를 일어나 담배를 피우러 나가셨다. 그렇게 고후의 차갑지만 따뜻했던 밤이 지나간다.

그날은 바로 잠자리에 들 수 있었다. 너무도 마음이 가벼워진 채 행복했기 때문에. 앞으로 셀 수 없을 만큼 많이 함께할 야마노 일가와의 날들을 꿈에 그리면서, 나는 그렇게 편히 잠에 들었다.

12. 하나코의 사랑은요

사랑,

사랑이란 내게 있어 이런 것이었다.

있는 그대로의 나를 바라봐 주는 것,

그 누구보다도 나를 위해주는 것,

그리고, 상냥한 눈으로 진심 어린 감정을 나누는 것.

...그것을 찾지 못하고 그저 나를 챙기기도 바빴던 지난날들이었지? 그러나 적어도 이제는 아니다.

가온.

성가온이란 사람이 어느 날 적막하던 나의 세상에 뚝 하고 떨어졌다. 그 애는 내게 바라는 것 하나 없이 잘해주었다. 나의 이야기를 우두커니 그 자리에 서서 끝까지 들어주었고, 내게 진심으로 사랑한다는 말을 해준 사람이며... 달보다 더 아름답다고 해준 사람이다.

그런 가온을 어떻게 좋아하지 않을 수 있겠는가! 가온이 우리 집에 온 이후로 나는 부쩍 들뜨는 날이 많아졌다. 가온이 원하는 것이라면 나도 원하는 것이고, 가온이 행복하면 나도 행복할 것이다. 적어도 나는 그런 가온의 꿈을 이뤄주고 싶다.

그 애는 말 그대로 우리 집에 오기 전까지 정말 불행했는데, 잃는 것과 좌절에 익숙한 가온을, 내가 가진 당연한 것들을 가지지 못했던 가온을, 사랑하는 사람의 죽음을 경험한 불쌍한 가온을, 이제는 그저 편안히 미소 짓게 할 수 있도록 옆에서 도와주고 싶다.

"가온이가 일어날 시간이 됐는데…"

오전 7시. 평소 가온이 일어나는 시간대인데 아직 깨지 않았나 보다. 나는 아침을 먹으려 동생들을 깨우는 것보다 먼저 가온을 깨우기 위해 위층 객실로 올라갔다.

"똑똑."

"가온, 아직 자고 있어요?"

대답이 없었기에 나는 잠시 망설이다가,

"…들어가도 돼요?"

라고 말하곤 조심스레 문을 열었다. 다다미의 바닥엔 옷가지가, 책상에는 무언가를 적어놓은 듯한 노트가, 침대에는 아직 일어나지 않은 가온이 자고 있었다. 나는 조용히 다가가 자고 있는 가온의 옆모습을 쭈그려 앉아 말없이 바라봤다.

'이 사람은 무슨 꿈을 꾸는 걸까?'

'또 내가 나오는 꿈을 꾸려나?'

라는 생각들이 오가다가 문득, 자고 있는 가온이의 볼이 왜인지 굉장히 귀여워 보였다. 음… 솔직히 말하면 그러면 안 되지만 이 귀여운 볼에 입을 맞추고 싶다. 들키면 어쩌지 하고는 나도 모르게 얼굴이 순식간에 빨개졌다. 볼에 뽀뽀를 하는 대신 가온이의 연

갈색 머리칼을 넘기며 머리를 쓰다듬었다. 가온이에게선 항상 좋은 냄새가 난다. 이렇게 말하면 좀 그렇지만, 정말 좋은 냄새가 난다. 항상.

머리를 쓰다듬어도 깨지 않는 가온이가 뭔가 웃기고 귀여워서 정말 나도 모르게 입을 맞췄다. 볼이 아닌 입술에 말이다. 나는 순간적으로 입을 떼고 손을 입술에 가져다 댔는데, 왜냐하면... 가온이의 입술은 너무도 부드럽고 기분이 이상하리만치 좋았기 때문이다. 나는 내가 변태인 건가 싶어 다시 볼이 화악 빨개지기 시작했다.

아, 그런데 조금 잘못된 것 같다. 가온이의 볼도 빨개졌기 때문이다. 어쩌면 나보다도 더.

'설마? 일어나 있던 거야...?'

생각들이 소용돌이쳐 오던 그때.

"바보야... 이럴 때 어떻게 해야 하는지 난 정말로 모르겠다고."

라며, 가온이가 베개에 얼굴을 파묻고는 말하는 것이었다. 나는 너무 창피하고 무슨 짓을 한 건가 싶어 두 손으로 얼굴을 가린 채 쥐꼬리만한 목소리로 미안하다고 했다. 가온이는 아무런 말도 없이 그저 고개만 끄덕였는데, 여전히 베개에 얼굴을 파묻고서 일어나질 않았다. 이제 곧 7시 반이라고, 아침을 먹어야 한다고 말하자 가온이가

"이대로 일어나면 안 될 것 같아."

라며 쥐꼬리만한 목소리로 말했다. 나도 가온이도 서로가 무척이나 당황한 모양이다. 왠지 모르게 미안해져서

”...미안해, 나도 내가 왜 이러는지 모르겠어요.“

라고 말하곤 두 눈을 질끈 감았다. 가온이의 대답을 기다리며 말이다. 가온이의 대답은 정말 내 기분을 이상하게 만들었다.

”...난... 좋았는걸.“

라고 말하곤 침대에 앉는 가온, 그런 가온이의 볼은 무척이나 빨갛다.

”있잖아 하나코, 오늘은 우리 그냥 집에 있을래?“

“어디 안 놀러 가도 괜찮아요?”

가온이는 괜찮다고 말하며 아침은 이따가 먹어도 좋고, 또 오늘은 나랑 조용히 집에서 시간을 보내고 싶다고 했다. 나도 요즈음 항상 가온이와 함께 어딜 놀러 다니기만 했기에 집에 있는 것도 좋겠다 싶어 알겠다고 했다.

지금은 약간 이상한 기류가 흐른다. 서로의 얼굴은 빨갛고 말이 오가지 않는다. 줄곧 정적이 흐르다가 그걸 깬 것은 치후유였다.

“가온이 형, 누나! 밥 먹어!”

라며 방문을 박차고 들어온 치후유는 우리의 얼굴을 보고선 박장대소를 했다.

“형 누나 얼굴이 완전 홍당무야!”

라며, 아예 하루카마저 부르려던 걸 우리는 입을 막고선 아래

층으로 뛰다시피 내려가 식탁에 앉았다. 엄마와 아빠는 오늘 마을 모임이 있다며 먼저 나가신 모양이다. 우리는 서로 눈을 볼 수조차 없이 조용히 밥만 먹고 있었는데, 그걸 본 치후유는 무언가 일이 있었냐 물어보았지만, 우린 그저 아무것도 아니라 했고 분위기는 한층 더 조용해졌다. 치후유는 그런 우리를 이상하다는 듯이 보고는 깨끗이 먹어치운 빈 그릇들을 치우고 자리에서 일어나 하루카의 방으로 갔다.

그제야 우리는 서로를 마주보며 할 말을 찾다가 그저 웃음만이 나왔기에 빠르게 아침을 먹은 후 자리를 일어났다.

"가온, 오늘은 뭐 할래요?"

라고 묻는 나의 말에 가온은 같이 방에서 영화를 보는 것도 괜찮을 것 같다고 했다.

"빔 프로젝터 갖고 올게요. 어느 방에서 볼래요?"

"음... 내 방에서 보자."

대화가 오간 후 나는 창고에서 빔 프로젝터와 리모컨, 과자와 음료수를 가지고 가온의 방으로 올라갔다. 아, 그런데 전혀 예상하지 못했다. 이런 건 확률이 얼마나 될까? 내가 방문을 열었을 때에 가온이가 옷을 갈아입고 있을 확률은.

순간 손에 쥔 모든 물건을 떨어트릴 뻔했다. 왜냐하면 지금 내가 본 것은 웃옷을 벗고 있는 가온이었기 때문이다. 나를 본 가온이는 무척이나 놀라더니 그대로 얼어버렸다. 그런데 얼어붙은 건

나 또한 마찬가지였는데, 우린 그렇게 10초는 가만히 얼어붙어 움직이지 않았다.

...아니, 나는 정말 몰랐지. 이 타이밍에 가온이가 옷을 갈아입을 줄은.

"죄...송합니다. 정말 죄송합니다..."

내 말을 끝으로 방문이 빠르게 닫히더니 안에선 우당탕 하는 소리만 들려왔다. 나는 그대로 주저앉아 콩콩 뛰는 심장에 손을 가져다 댔다. 처음이었는데, 남자애의 벗은 몸을 보는 게. 심지어 그 남자가 가온이라는 게 믿기지가 않았다. 와중에 드는 생각은

"가온이는 피부가 정말 하얗구나..."

지금 내 머릿속엔 온통 옷을 벗은 가온이 밖에 없었다. 그리고 정말 빨리 뛰는 심장에, 얼굴은 터질 것만 같았다. 그러는 새에 옷을 갈아입은 가온이가 문을 열며 정말 쥐꼬리만한 목소리로 들어오라 말했다. 나는 바닥만 보며 방으로 들어가 침대에 앉은 가온이의 옆에 앉았다.

"...너무 맘에 담아두진 마... 그냥 타이밍이 안 좋았을 뿐이야."

라며 억지 웃음을 짓는 가온.

"알겠어요..."

라고 답하곤 나는 빠르게 빔 프로젝터를 켜 영화를 고르다가 '좀비 세상에서 살아남은 철인' 이라는 딱 봐도 재미있어 보이는 재난 영화를 택한 후 리모컨의 누름 버튼을 연신 눌렀다. 사실 영화

는 아무래도 상관없었다. 그저 좀... 이 분위기를 어서 바꾸고 싶었다. 그런데 그건 가온이도 마찬가지였던 것 같다. 평소 매 순간 잡던 손도 잡지 않는 걸 보니 말이다. 우리는 영화의 중반까지는 웃고 또 긴장하고, 떠들어대며 아주 재미있게 봤다.

그런데 영화의 분위기가 점점 로맨스로 바뀌는 것이 아닌가. 후반부터는 아예 스킨십이 난무했기에 우린 서로의 얼굴은 물론 티비까지 쳐다보지 못하는 지경이 되었다가, 갑자기 가온이가 내 손을 잡았다.

"...저 장면을 보다가 문득, 우리가 그 성벽 공원에서 서로 마음을 확인하던 때가 생각나네."

"응, 나도 그래요."

그렇다, 우린 이미 사귀고 있는 사이.

"그럼... 약간의 스킨십은 괜찮지 않을까?"

생각을 머릿속으로만 하려던 게 나도 모르게 입 밖에 꺼냈을 때 가온이의 얼굴이 잊혀지지 않는다. 말 그대로 가온이의 얼굴이 마치 딸기처럼 심하게 빨갛기 때문이다. 마음 깊은 곳에서, 그날 밤 공원에서 한 키스를 다시 한번 해보고 싶다는 갈망이 올라왔다. 그래서일까? 더 이상 참을 수 없었기에 참을 수 없이 귀여운 이 소년에게 내가 먼저 키스를 하게 된 것은.

그래서였을까? 그때의 감촉과 같았다. 가온이의 입술은 정말로 부드럽고 기분이 좋았다. 그렇게 우리는 말없이 키스를 했다. 영화의 엔딩 크레딧이 나오기 전까지 말이다. 너무 오래 지속되어서 숨 쉬기가 힘들었지만 입을 떼기 싫었다.

"하나코... 숨이 멎을 거 같아."

가온이의 한마디가 나를 퍼뜩, 정신 차리게 했다. 나는 급하게 입을 떼고 가온이의 품에 얼굴을 파묻었다. 그러곤 나지막히 말했다.

"나, 나... 정말 많이 좋아해요.."

라고. 정말, 누가 보면 나를 연애 고수라며 착각할 것 같다. 그러나 나는 키스도, 포옹도, 연애도 이 아이가 처음인걸... 가온이는 품에 안긴 나의 등을 토닥이며 말했다.

"너는 지금 행복해?"

지금 내가 행복하냐니, 당연하다. 너무나 당연해서 벅찰 정도로 행복하다. 가온이는 이렇게 말했다.

"...말했잖아. 너의 행복을 가장 가까이서 보고 싶다고."

"그리고 그 행복을 주는 건 다름 아닌 나였으면 좋겠다고."

나는 가온이의 이런 점이 좋다. 감수성이 흘러넘치게 많아서 말을 듣는 나까지 기분이 뭉클해진다. 그렇게 영화가 끝나고 엔딩이 끝나도 우리는 여전히 서로를 꼬옥 안은 채 이야기를 나눴다. 올여름, 가온이 후지산을 오를 때 나도 같이 가겠다고, 가온이의 꿈이 이루어지는 것을 내 눈으로 같이 보고 싶다고.

이런저런 이야기를 하다가 엄마에게 전화가 걸려왔다.

”하나코, 오늘 네 아빠랑 동네 사람들 다 같이 온천 여행이 급하게 일정에 생겨서 내일 점심에나 볼 수 있을 것 같아~ 가온이 하고 잘 있을 수 있지?“

”네?! 그럼 치후유, 하루카는요?“

라고 여쭤보자 엄마가 동생들은 사와루코 아주머니네 집에 하루 맡긴다고 하셨다. 이제 너도 다 컸으니 집을 잘 지키라며 계좌로 오늘 식비를 보냈다고 하셨다. 그 말인즉슨, 오늘 우리 집 유키야마 민박에는 나와 가온이 밖에 없다는 뜻이다. 가온이도 적잖이 당황했는지 무어라 말을 꺼내려다가 이내 말았다. 전화를 끊고 나는 어쩌지 하고 멍하니 있는데, 가온이가 그럼 장을 보러 나가자고 했다. 나도 그게 좋을 것 같아 씻을 준비를 하러 아래층으로 내려갔다.

...샤워를 하면서도 계속 가온이의 벗은 모습이 생각이 나 정말로 미칠 것 같았다. 내가 언제 이리도 변태 같았던가, 하고선 정신을 차리려 머리를 세게 휘저었다. 우여곡절 끝에 우린 준비를 마치고 장을 보러 시내로 나갔다.

“하나코, 뭐 먹고 싶은 거 없어? 점심때가 지나긴 했지만 항상 시내 나오면 배고프다고 했잖아.”

“음... 잘 모르겠어요, 뭐 먹고 싶은 거 있어요?”

가온이는 오코노미야키를 먹고 싶다 했고 마침 나도 그게 땡겼기에 우린 오코노미야키 가게로 향했다.

“어서 오세요~ 커플 세트 이벤트 참여하시면 경품을 드리는데,

두 분 커플이신가요?"

꼬옥 잡고 있는 우리의 두 손에 시선을 두고 말하는 가게의 알바생. 나는 뭔가 부끄러워서 우물쭈물하고 있는데

"네, 여자친구예요. 커플 세트 부탁합니다."

라며 말하곤 나에게 웃어 보이는 가온. 새삼스럽게 다시 느껴진다. 가온이가 우리 집에 처음 왔을 때의 시점에서 보인 그 애의 표정 속 어둠은 지금의 그에게선 전혀 찾아볼 수 없다는 것을. 이내 나도 따라 웃어 보이며 자리에 앉고서 음식을 기다렸다.

"가온, 근처에 매일 할인을 하는 대형 마트가 있어요. 그리로 가서 장을 보는 건 어때요?"

가온이는 내 말에 동의하며 장을 다 보고 나서는 자기가 특별히 가보고 싶은 곳이 있다고 말했다.

"가온이가 가고 싶은 곳이면 저도 좋아요, 그게 어디예요?"

내 물음에 가온이는 이 근방 새로 생긴 이색 데이트 카페를 가보고 싶다고 했다. 나도 컨셉이 있는 그런 카페는 중학교 1학년 때 이후론 가본 적이 없었기에 흔쾌히 수락했다. 그러는 사이 '커플 세트 A'가 나왔는데, 오코노미야키 정식에 돈코츠 라멘, 타코야키가 사이드로 나오는 세트 메뉴였다. 보기만 해도 군침이 넘어갔기에 나는 허겁지겁 먹기 시작했다. 그런데 "찰칵" 하고, 핸드폰 카메라 셔터를 누르는 소리가 들렸다. 가온이가 밥을 먹는 나를 찍더니 잘 나왔다며 웃는 것이다. 뭔가 부끄러워져 사진을 지우라고 폰을 뺏

으려 했지만 가온이가 말했다.

"이제부터 하나코와의 추억을 사진으로 남겨서 매일매일 보려고 찍은 거야. 많이 기분 나빴으면 미안해."

...뭐, 그런 이유라면 얼마든지 찍혀줄 수 있다. 그래서 나는 내가 어떻게 찍혔는지만 보여달라고 해서 사진을 봤는데 어라? 딱 좋은 각도, 자연스럽게 찍힌 나의 얼굴, 내 뒤의 가게의 모습까지 모든 것이 말 그대로 완벽한 것이 아닌가.

"우와... 가온이는 사진 찍는 것에 재능 있어 보여요."

라고 말하다가 문득, 사람을 찍는 것도 이렇게 잘 찍는데 만약 그가 후지산을 찍는다면 얼마나 아름답게 담길까 생각이 들어 이따가 저녁엔 마을 동산으로 올라가 한번 후지산을 찍어보자고 말했다, 우리 집에 있는 필름 카메라로 말이다. 가온이도 좋은 생각이라며 알겠다고 했다.

우리는 그렇게 밥을 다 먹고 대형 마트로 향했는데, 저녁 메뉴를 생각하던 중 샤브샤브가 좋을 것 같아 채소와 소고기, 당면과 양념을 사려 쇼핑카트를 뽑아 돌아다니기 시작했다. 채소와 소고기까진 찾았는데, 당면과 양념이 어디에 있는지 도무지 보이지 않아 우린 따로 찾아보러 흩어졌다. 가온이는 당면을, 나는 양념을 찾으러 다녔는데 한 아이가 내 눈길을 끄는 것이 아닌가. 한 일곱 살쯤 되어 보이는 여자아이가, 엄마를 잃어버렸는지 엉엉 울고 있었다. 나는 재빨리 그 애에게 다가가,

104

“무슨 일이야? 혹시 엄마를 잃어버렸니?”

라고 물어봤다. 아이가 잃어버린 것은 엄마뿐만이 아니라 자기가 제일 아끼는 작은 토끼 인형 열쇠고리도 같이 잃어버렸는데, 그걸 찾으러 돌아다니다가 엄마까지 잃어버리게 된 것이라 했다. 솔직히 이 마트가 엄청나게 넓긴 하다. 나도 어릴 때 이 마트에서 아빠와 떨어져 서로를 찾지 못했던 경험이 있기에, 이 아이의 심정이 공감되었다. 그렇게 아이와 같이 직원 센터로 가려다가 가온이를 마주쳤다.

“하나코, 그 아이는 누구야?”

“아, 엄마를 잃어버렸대요, 그런데 아끼는 키링까지 잃어버렸대서... 우선 어머니를 찾아뵙고 키링을 찾으려고 했어요.”

그러자 가온이는 아이의 눈높이에 맞춰 고개를 숙이고 눈물을 닦아주며 언니 오빠가 꼭 엄마와 열쇠고리 둘 다 찾아줄 테니 울지 말라고 말했다. 그런 상냥한 모습의 가온이를 보고 있자니 마음 한 켠이 설레와서 가슴이 빠르게 뛰기 시작했다.

그것도 잠시, 우리는 빠르게 직원 센터로 가서 안내방송을 부탁했다. 방송이 울린 지 채 1분도 되지 않아 아이의 어머니가 급하게 숨을 내쉬며 직원 센터 안으로 들어왔다. 어머니의 손엔 아이의 것으로 보이는 키링이 있었다. 어머니는 아이를 보자마자 밖으로 나가지 않은 게 천만다행이라며 아이를 다그치셨는데, 그런 어머니의 모습에 가온이는 다정하게 아이가 많이 놀랐다고, 어머니께서는 그렇게 다그치진 마시고, 놀란 아이의 맘을 달래주시는 것이 어떻냐고 말했다.

　나는 가온이의 이런 상냥함이 너무 좋다. 동시에 이렇게 상냥하고 착한 아이가 겪었을 아픔이 떠올라 가슴이 매어오기도 했다. 아이의 어머니는 가온이에게 정말 고맙다며, 올바른 청년이라고 칭찬을 하시고는 가방에서 젤리 봉지 여러 개를 꺼내더니 건네주셨다. 가온이는 손사래를 쳤지만 울음을 그친 여자아이가

　"착한 오빠! 예쁜 언니랑 같이 나눠 먹어!"

　라며 막대사탕 두 개도 같이 건네주는 것이 아닌가! 나는 그 모습이 너무 귀여워 머리를 쓰다듬으며 귀여운 아이라고 말씀드렸는데 정말 바르게 자란 청년들이라며 아이의 어머니는 마트의 천 엔 상당 상품권을 건네주시며 남자친구랑 맛있는 걸로 골라 장 마저 보라고 하시곤 아이와 함께 유유히 직원 센터를 나가셨다.

　우리는 그저 서로를 보며 웃으며 직원 센터를 나와 같이 돌아다니고 걷다가 드디어 양념과 당면을 찾아냈다. 아주머니께서 주신 상품권으로 샤브샤브 재료를 사고, 마트를 나와 바로 앞에 있는 이색 데이트 카페로 들어갔다.

　데이트 카페는 입구부터 컨셉이 확실했는데, 마치 "커플만 우리 가게로 오라"는 듯이 커다란 하트 모양의 간판에 적힌 '없던 썸도 생기는 매력의 공간' 문구. 가온이와 손을 잡고서 카페 안으로 들어갔는데, 우리가 들어오자마자 이곳의 직원들이 과할 정도로

반겨주었다.

"어서 오세요~ 와아, 정말 귀여운 커플이네요!"

"커플에게 추천하는 코스 두 가지가 있는데, 들어보시겠어요?"

가온이가 궁금해하자 여성 직원분이 한 코스는 영화관 컨셉의 커다란 스크린이 있는 방과 나머지 한 코스는 그리 싼 가격은 아니지만 무려 50평이 넘는 풀빌라 컨셉의 공간이라고 했다. 그 풀빌라는 한국의 풀빌라를 모티브로 만들어졌으며, 넓은 공간에는 많은 코스들이 준비되어 있다고 했다. 코스 중, 몽글몽글한 거품 물이 나오는 욕조 부스와 여러 촬영 소품들, 모형이지만 바베큐 부스가 설치되어 있으며 이 코스는 보통 진부한 컨셉에 질려 새로움을 느껴보고 싶은 커플들이 많이 선택한다고 한다. 심지어 수영복도 여벌로 준비되어 있다고.

가온이는 항상 뭐든지 새로움을 원하니까 당연히 후자를 선택할 것이라 예상했고, 그 예상이 적중했다. 나도 참 신박하고 새롭다 생각하여 후자를 골랐는데 비용이 무려 인당 4천 엔(*4만 원 가량)이었다. 대신 이용 시간은 세 시간 이어서 그럭저럭 납득이 갔다.

"오늘 하루는 집에서 보내려 했는데, 이렇게 되네. 하나코는 어때?"

나는 아무렴, 함께라면 무엇이든 좋다고 말했다. 그렇게 우린 한국의 풀빌라 컨셉의 코스로 이동했다. 새삼 느껴지는 것은, 아마 일본 열도의 전체 이색 카페 중 여기가 제일 큰 곳일 거란 생각이

들었다. 코스의 입구 앞, 인솔하던 직원은 수영복과 탈의실이 전부 들어가서 바로 보이는 곳에 배치되어 있으니 편하게 이용하라고 하신 후 유유히 돌아갔다.

와아, 정말 놀랐다. 50평의 공간에 정말 타지에 놀러 온 것 같은 느낌이 드는 많은 소품들과 포토존, 거품 욕조가 배치되어 있었다. 어둡지만 노란 불빛의 조명도 꽤 운치 있었다.

"하나코, 저기 야자수 소품 옆으로 가봐."

가온이의 말대로 야자수 소품 옆으로 간 나는 포즈를 취했다.

"찰칵."

다시 봐도 역시 가온이는 사진을 무척이나 잘 찍는다.

"솔직히 정말 소질 있어 보여요."

내 칭찬에 기분이 좋았는지 네 장은 더 찍어주는 가온이었다. 나도 가온을 찍어주었지만 가온이만큼 배경과 사람이 자연스럽게 담기진 않았다. 그래도 우리는 멋진 소품들 덕에 정말 많이 사진을 찍었다. 그러고서 나는 조심스레 물어봤다.

"가온… 거품 목욕 부스, 들어갈 거예요?"

선뜻 답하지 못하는 가온, 그러나 정작 내가 들어가고 싶은 마음이다. 그렇기에 나는 이런 경험은 특별하니까 한번 해보자 제안했고, 가온이는 고민하더니 이내 수락했다.

탈의실로 들어간 나는 수영복을 골랐는데 음… 아마 여긴 성인 손님이 많이 온 것 같았다. 그도 그럴 것이 수영복이 전부 다 비키

니라던지 움푹 파인 수영복들이었기 때문이다. 탈의실 안에서 나는 인생 최대의 고민을 마치고 가온이의 앞에 섰다. 내 앞의 가온이는 검정 래쉬가드를 입고 있었고 나는 그나마 정갈한 듯한 검정색의 수영복을 입었다.

가온이는 정말로 예쁘다고, 또 너무 귀엽다고 하며 나를 안아주더니 거짓말이 아니라 정말 오늘 너무 귀엽다며 닭살 돋게 마구 칭찬을 남발하는 것이 아닌가. 나는 너무 창피해 얼른 욕조에 쏙 하고 들어가 입으로 거품을 보글보글 불며 쑥스러운 티를 냈다. 가온이는 살짝 웃더니 곧장 욕조로 뛰어들었다. 그 탓에 거품 물이 욕조 밖으로 넘쳐 흘렀는데 둘 다 거품을 한 바가지 뒤집어썼지만 우린 그저 크게 웃을 뿐이었다, 그도 그럴 것이 이 순간은 정말, 정말로 행복했기 때문에. 가온이도 너무 행복하다며 시간이 멈췄으면 좋겠다고 했다.

그렇다, 우리는 지금 이 시간, 말 그대로 너무나 행복하다. 적어도 내가 생각하는 가온이는 그동안 너무 불행했고, 너무 슬펐기에 이제는 조금 행복해져도 된다는 생각이 들며 가온이의 머리를 쓰다듬었다. 그런 그는 기분 좋은 미소를 짓고, 내 볼에 입을 맞췄다. 가온이는 말했다. 어쩌면 지금까지의 모든 시련은 다 나를 만나기 위한 아픔이 아니었나 싶다고.

솔직히, 솔직히 그렇게 말해주니 좋았다. 그만큼 가온이에게 있어서 내가 소중해졌다는 것 아니겠는가. 그것은 나 또한 마찬가지고. 욕조의 거품은 정말 많이 나온 나머지 흘러넘칠 정도였다, 약간 보랏빛을 띠는 거품이라 그런지 굉장히 신기하면서도 이런 몽환적인 분위기가 좋았다. 나는 옆 탁자에 놓은 핸드폰을 들어 같이 셀카를 찍자고 했다. 아무래도 가온이의 폰은 폴더폰이기에 화질이 좋지 않고, 내 폰은 스마트폰이라 화질이 더 좋을 것 같아 나는 폰의 카메라를 켰다.

SNS의 카메라 필터를 켜 셀카를 찍으려 하자 가온이는 이게 뭐냐며 굉장히 신기해했다. 난 그런 가온이의 모습이 약간 웃기기도, 귀엽기도 해서 한참을 웃고는, 요즘 이 SNS를 모르는 사람도 있구나 하며 요즘 스마트폰을 가진 사람들은 거의 모두가 사용하는 앱이라고 했다. 가온이는 자신도 예전엔 스마트폰을 썼었는데, 그때도 이런 SNS는 하지 않았다며 신기해하고는 내 피드를 구경했다.

나의 피드에는 우리 가족 단체 사진, 몇몇의 맛집 탐방 인증샷, 그중 정말 몇 안 되는 내 셀카가 있는데, 가온이는 자신도 찍은 사진을 이렇게 어딘가에 기록하고 싶다며 부러워했다. 나는 가온이에게 앞으로 내 폰으로 찍은 사진을 전부 내 피드에 올리면 되지 않냐 말하곤 가온이와 얼굴을 양옆으로 맞대며 셀카를 찍었다. 귀여운 강아지 코와 귀가 얼굴에 입혀지는 필터를 보고 가온이는 말 그대로 눈이 휘둥그레졌다.

나는 그런 가온이에게 어느 시대 사람이냐며 놀려댔는데, 살짝 삐졌는지 내 볼을 잡아당기며 자신도 스마트폰이 있었다면 아마

SNS를 했을 것이라며 얼굴이 커지는 웃긴 필터를 터치해 내 얼굴을 마구 찍어댔다. 아, 어떡하면 좋을까? 이런 가온이의 삐진 모습도 내게는 마냥 귀엽게 보인다. 아니, 그냥 가온이의 모든 면이 너무 귀엽다고 생각한다. 이런 게 사랑이라면 나는 사랑의 의무를 착실히 다 하고 있으리라 생각하며 가온이의 단독샷을 찍으려 자세를 잡았다. 그러자 가온이는 자신은 한 번도 누군가에게 사진을 제대로 찍혀본 적이 없다며 쑥스러워하면서도 이내 포즈를 잡았다.

어둡고 노란 조명 아래, 보랏빛 거품 욕조 속 가온이의 연한 갈색 머리카락이 더욱 강조되며 그 특유의 높은 콧대와 눈 밑의 점, 애교살과 함께 어우러진 앞머리를 깐 가온이의 잘생긴 외모가 사진에 담겼다.

"와아... 이건 정말 인생샷인데요?"

사진을 보여주자, 가온이는 굉장히 만족스러워하며 나도 사진을 꽤 잘 찍는다고 칭찬했다. 그러곤 가온이는 자신도 내 인생샷을 남겨주겠다며 폰을 건네받고선 나를 찍었다. 나는 욕조의 보랏빛 물을 양손에 모은 채 그걸 보라는 듯이 웃으며 양손을 카메라로 향하는 포즈를 취했고, 또 이왕 입은 예쁜 수영복이 최대한 빛날 수 있도록 욕조에서 일어나 여러 포즈를 취했다.

역시 이 아이는 사진을 찍는 것에 타고났다. 전신이 날씬하게 나오도록 몸을 숙여 아래에서 사진을 찍었고, 중요한 요소인 보랏빛 거품 물, 조명을 제일 잘 받는 위치, 또한 다리가 길어 보이도록 조정한 카메라의 구도 등 누가 봐도 정말 재능 있어 보임과 동시에 말 그대로 그동안 없던 나의 인생샷이 찍혔다, 그것도 3장씩이나.

나는 내 인생샷을 곧바로 피드에 올렸고, 채 5분도 되지 않아 친구들의 연락이 쏟아졌다. "누가 찍은 거냐.", "너 정말 모델 같다.", "이곳은 어디길래 이런 사진이 찍히냐.", "오늘은 인생샷을 건진 날이네." 등등. 굉장히 만족스러웠기에 가온이를 향해 엄지를 치켜세웠다.

그러더니 가온이는 이번에는 제대로 각 잡고, 우리 둘의 모습을 사진으로 남기는 건 어떻냐며 욕조에서 일어나 소품 중 하나인 삼각대를 가져오더니 욕조 앞에 두고, 내 폰을 빌려가 삼각대에 고정시키며 카메라 타이머를 누른 뒤 이윽고 나에게 오더니 와락 껴안으며 미소를 지었다.

그래, 내가 이 미소에 반한 것이다. 이 아이의 미소는 보는 이로 하여금 마음속 깊은 곳까지 따뜻하게 해주는 힘을 가졌다. 카메라의 셔터 음이 들리기 전 나는 정면을 보며 웃는 가온이의 얼굴 양 볼을 가볍게 잡고 내 쪽으로 돌린 후 살포시 눈을 감아 그대로 입을 맞췄다. 나의 손은 가온이의 머리 뒤쪽을 향하고 있었고 점점 내 쪽으로 끌어당겼으며, 그렇게 우리는 아마 평생 가도 다시는 찍지 못할 특별한 사진을 한 장 남겼다.

셔터 음이 여러 번 울린 후 나는 사진을 확인해 보았는데, 어두운 공간 속 황금빛 조명, 그 아래엔 몽환적인 보랏빛 거품이 가득

한 욕조와 키스를 하는 우리의 옆모습. 마치 로맨스 영화의 한 장면처럼 잘 담겨 있었다. 가온이는 정말 만족한다는 듯이 삼각대 각도를 세팅한 자신에게 놀랐다며 자화자찬을 했지만 나도 그 말에 전적으로 동의했기에 웃지 않았다. 정말로 영화의 한 컷처럼 찍혔기 때문에 이건 어딘가에 자랑하지 않으면 안 된다는 생각이 들어 가온이에게 말했다.

"가온, 있잖아요. 이 사진을 제 SNS에 올려도 되나요?"

"진심으로 너무 잘 나와서 이대로 썩히기엔 아까운데..."

가온이는 그럼 본인의 얼굴과 존재를 내 친구들이나 지인들도 알게 되는 것이 아니냐며 조심스레 물었지만, 오히려 나는 이 기회에 가온이를 자랑하고 싶었다. 내가 아는 사람 중 가장 아름다운 미소를 가진 이 아이를 너무나 자랑하고 싶은 마음이다. 그렇기에 나는 오히려 네가 내 자랑이 되어주었으면 좋겠다 했고, 가온이는 자신도 사실 이 사진을 어딘가에 자랑하고 싶은 마음이 컸다 말하며 올리자고 했다.

그렇게 사진을 올리고 나서, 나는 평생 동안 받을 축하란 축하는 다 받은 것 같았다. 동네 친구들부터 친한 선후배들, 얼마 없던 중학교 때의 동창, 심지어는 초등학생 때 같이 놀던 아이들까지 남자친구냐며, 둘이 정말 보기 좋다, 너희 같은 연애를 하고 싶다는 연락이 쏟아져 내림과 동시에 가온이가 은근 잘생겼다고 하는 이들이 많았다.

그렇다! 다름 아닌 우리 가온이인데, 당연히 이런 말을 들어 마땅하다. 사실 가온이는 내가 봐도 정말 괜찮게 생겼다. 아니, 엄밀히 따지자면 솔직히 잘생긴 편인데 그 잘생긴 얼굴에 마른 몸매, 밝고 연한 갈색모가 더욱 그를 빛나게 해주는 느낌이 있다. 그런 그가 나에게 달 따위는 비교할 수 없을 정도로 예쁘다 라고 해준 것이 새삼스레 믿겨지지 않는다.

우리는 그날 올렸던 사진 외에도 더 많은 사진을 찍었고, 하나같이 예쁜 장면뿐이었다. 갑작스레 내게 물장구를 치며 장난을 치는 가온, 그가 뿌린 거품 물에 얼굴이 온통 거품으로 가득해진 나. 욕조에서 나와 바베큐를 굽는 포즈의 우리, 그리고 내가 좋아하는 노래를 같이 불러주는 가온이와, 나의 노래 부르는 뒷모습을 담은 영상까지...

나는 어렴풋이 깨달았다. 이제 난, 절대로 이 소년을 만나기 전으로 돌아갈 수 없다는 것을 말이다. 진심으로 바라건대 이 소년도 나와 같은 마음이길 소망한다.

13. 변치 않는 사랑, 리시안셔스

뚝 하고, 쓰고 있던 연필심이 부러졌다.

나는 지난 두 달간의 일상, 특히 하나코와의 일상을 일기로 기록하는 습관이 생겼다. 유키야마 민박 창고에 쓰지 않는 필름 카메라가 있어 그것으로 나와 하나코는 지난 두 달간 정말 많은 곳을 다니며 사진을 찍었는데, 카메라에서 나온 필름 사진을 일기장에 붙이고 그 아래에 그날 있었던 일들, 감정, 마음 등을 적곤 했다.

아직 하나코는 내가 일기를 쓰는 것을 모른다. 참고로 나는 후지산을 오르고 난 시점에서 일기를 끝내고, 책처럼 다듬어서 하나코에게 우리의 추억을 선물할 생각이다.

일기를 첫 장부터 넘기다, 이렇게 보니까 그동안 우리는 정말 많은 곳을 돌아다녔다는 것을 새삼 깨달았다. 이색 데이트 카페, 귀여운 동물들이 있는 애견 카페, 시내의 여러 맛집, 지역의 놀이공원 등 여러 곳들을 다녔는데, 그중 특히나 기억에 남는 건 당연 시부야다.

한국의 홍대와는 비교할 수 없을 정도로 넓은 번화가인 시부야 거리에서 생전 처음 본, 눈으로는 다 담을 수 없는 수많은 사람들과 그곳의 빌딩에서 내려다보는 야경, 수없이 찍은 길거리 사진들... 전부 나에게 있어 너무도 소중한 추억들이다. 나는 그것들을 보며 "이땐 이랬지" 하며 기억할 수 있도록 사진과 글을 집필하여 일기를 써온 것이다.

또 하루카는 열심히 고등학교 생활을 하는 중이다. 언니가 가지 못한 고등학교이기에 더욱 열심히 다니는 것 같고, 치후유는 멀리 오사카에 있는 기숙학원에 들어가 열심히 공부를 하는 중에 있다. 아저씨와 아주머니는 식당을 영업하시는 날을 빼곤 전부 마을 회관에 모여서 마을의 중요 서류를 검토하는 시간을 갖는 일이 잦아졌다.

그래서 요즘 민박에는 나와 하나코 둘만 있는 시간이 무척 많아졌는데, 나는 누구의 방해도 받지 않고 둘만의 시간을 보낼 수 있었기에 솔직히 지금이 제일 만족스럽다.

지금은 3월, 3월 말이다. 시간이 시간인 만큼 나의 일본어 실력은 더욱더 늘었고, 이젠 더 이상 일본어를 읽지 못하는 까막눈이 아니게 되었다. 그리고 오늘은 정말 중요한 날이다. 오늘은 바로 하나코의 생일, 19번째 생일이다. 그녀가 만 19세가 되는 오늘은 정말 의미 있는 날이다.

3월 24일인 오늘은 하나코의 생일이기 때문에 멀리 있는 치후유가 고후로 돌아오고, 아주머니 아저씨도 하루카와 함께 일찍 들어오신다. 나는 지금의 나에게 있어 가장 소중한 사람인 하나코가 생일을 행복하게 보낼 수 있도록 나름 최선을 다해 생일 선물을 준비했는데, 그것은 바로 장장 2시간은 족히 글을 수정하고 또 수정

해가며 쓴 손편지와, 우리 둘의 사진이 담긴 펜던트 목걸이, 리시안
셔스라는 꽃의 꽃다발이다.

리시안셔스의 꽃말은 '변치 않는 사랑'이기에 나의 이 마음을
가장 잘 표현할 수 있을 거라 생각해 고른 꽃이다. 내가 꽃을 고를
때 꽃집의 주인 아주머니는 예쁜 꽃말과 애인에게 줄만한 꽃을 추
천해달라는 나의 부탁에 리시안셔스를 추천해주시며 말씀하셨다.

"이 꽃은 화해의 의미로도 많이 선물 되는 꽃이며 동시에 사랑
의 의미를 담은 꽃이고, 꽃말 그대로 변치 않는 사랑을 약속하는 것
이기에 여자친구가 이 꽃을 받으면 분명 좋아할 것이라고."

하시며 꽃을 건네주셨다. 기분 좋게 꽃을 사서 나와, 편지지를
사러 슈퍼에 갔는데

"어머~ 미야카의 민박에 머문다는 그 한국인 아이구나?"

라며 사와루코라는 아주머니가 말을 걸어오는 것이었다. 나는
멋쩍어하며 그렇다 답했고, 하나코가 곧 생일이라 꽃과 함께 줄 편
지를 선물하려 하는데 편지지가 있냐는 나의 말에 아주머니는 무
언가 짓궂은 눈빛으로 잠시 바라보더니 나에게 속삭이셨다.

"그 애는 너한테 '잊지 못할 추억'을 받고 싶대."

라고 하며 깔깔 웃으시는데, 나는 잠시 벙쪄 있다가 혹시 우리
의 관계가 어떻게 되는지를 알고 계시냐 여쭤보았는데

"둔한 것들아, 동네에서 너희의 얘기를 모르는 사람은 없을 거
다."

라며 놀려대셨다. 하긴 이 마을은 꽤 좁고, 우리는 매일같이 손을 잡고 거리를 돌아다녔으니 어쩌면 모두 우리가 사귀는 것을 아는 게 당연한 것일지도 모른다.

아주머니는 자신이 하나코에 대해 잘 알고 있고, 그래서 그 애가 말한 '잊지 못할 추억'이라는 것이 대충 짐작이 간다고 하셨다. 내가 그게 뭔지 알려달라고 부탁하자 아주머니께선 "맨입으로?"라며 장난을 치시다가 이내 나지막이 말씀하셨다.

"어쩌면 너도 알고 있겠지만, 그 애는 중학교 때 사람에게서 많은 상처를 받았고 그게 트라우마로 남아 사람을 믿지 않게 되었는데, 그 아이가 우리 슈퍼에 올 때마다 항상 너에 대한 얘기만 하는 걸 보니 널 정말 좋아 하는 것 같아 보였단다. 그래서 말해주는데, 말 그대로 그 애는 너에게 잊지 못할 '추억'을 선물 받고 싶어 해."

나는 도대체 그게 무엇인지 생각하다가, 이내 문득 떠올랐다. 잊지 못할 '추억'이라면... 항상 눈에 보이는 것이고, 항상 눈에 보이기에 오래 기억되고...? 또 '추억'이라면...

아주머니와 나는 동시에 외쳤다.

"그건 바로 사진!"

그렇다. 사진은 시간이 지나도 여전히 쭉 볼 수 있기에 잊지 못하고, 동시에 추억인 것이다. 사와루코 아주머니는 고후 마을에 한 가지 특이한 전통이 있다 하셨는데, 그것은 이 마을의 연인들이 자기들끼리 찍은 사진을 작게 프린트해 '포토 스탠 펜던트 목걸이'로 만들고, 그것을 일 년 동안 품에서 떼지 않고 간직하는 것이라 하셨다. 일 년 동안 연인 서로가 그 목걸이를 떼지 않는다면 그 연인들의 소원이 이루어진다는, 미신적이지만 로맨틱한 전통이 있다고 한다.

나는 참 예쁜 뜻을 가진 전통이라 말하고, 펜던트 목걸이와 편지지를 주시며 그냥 가져가라는 아주머니에게 그럴 순 없다 말씀드렸지만, 그저 그 애가 특별히 기억에 남는 생일 선물을 잘 준비하는 것이 값을 치르는 거라 말씀하시곤 비용을 계산하지 않고 물건들을 주셨다. 그래서 나는 그것들을 받고, 지금은 편지를 쓰며 목걸이에 들어갈 사진은 어떤 사진이 좋은지 120장은 족히 넘는 우리의 사진들을 고르는 중에 있다.

"가온, 뭐 해요?"

갑자기 방으로 들어오는 하나코. 너무 깜짝 놀라 그만 의자 뒤로 넘어지고 말았다. 엄청 웃으며 괜찮냐는 하나코의 말에 나는 그냥 뭐 좀 쓸 게 있다고만 말하고선 편지지와 선물들을 숨겼다.

하나코는 오늘이 정말 기대된다고 말했다. 항상 가족들은 매번 자신의 생일날에 생일파티를 마치고 다 같이 마을의 작은 온천에 간다고 한다.

"가온이도 오늘 같이 갈 거죠?"

라며 기대에 찬 눈빛으로 물어보고는 나에게 안기는 하나코. 하나코는 요새 시도 때도 없이 부쩍 나를 안는 횟수가 전보다 몇 배는 늘어났다. 미야카 아주머니와 마사키 아저씨가 보는 앞에서도 정말 시도 때도 없이 안겨서 내 입장이 난처해진 적도 있었기에 ”요새 왜 그렇게 나를 가만 안 두냐“고 장난스럽게 물어본 적이 있다.

하나코는 자신도 왜인지는 모르겠지만 요새 자꾸 더 이상 나를 안을 수 없을 것만 같은 싫은 불안감이 몰려올 때가 많다고 하며 어딘가 불안한 표정으로 말을 했다. 나는 그럴 일은 절대 없을 것이고, 네가 안아주지 못한다면 내가 어떻게든 너를 안아줄 거라 말하며 진정시키는 때가 많은 요즘이다. 아무튼 하나코는 곧 치후유와 하루카, 엄마 아빠가 온다고 하여 아래층으로 내려오라고 말을 하곤 방에서 나갔다.

사실 요근래 들어서 나는 예전 꿈에서 보던 그 노란 꽃이 나오는 꿈을 자주 꾸는데, 이전의 하나코를 만나기 전의 꿈과 비슷하지만 조금 다른 내용의 꿈을 꾼다. 나는 여전히 예전 그 꿈속의 탁한 방 안에 있는데, 이제는 그 방엔 전부터 계속 나왔던 노란색 꽃으로 한가득하다. 그런데 방을 가득 채운 그 꽃들은 꿈을 꾸면 꿀수록 한 송이씩 사라져 가고, 방안은 더욱더 어두워져 가는 무언가 기분 나쁜 꿈이다. 일주일에 세 번 꼴로 삼 주 전부터 계속 꿔온 이 꿈이 나는 무척 불안하면서도, 도대체 무엇을 의미하는지를 모르기에 참으로 답답할 뿐이다.

꿈 생각을 하는 것도 잠시, 아래층에서 내려오라는 하나코의 목소리가 들려 내려갔더니 하나코가 좋아하는 딸기 생크림 케이크와

맛있는 음식들을 포장해온 봉지를 들고 들어오시는 아주머니와 아저씨, 언제 다 꾸몄는지 부엌에는 생일 축하 소품들이 걸려 있었다.

우린 다 같이 식탁에 둘러앉아 생일 축하 노래를 불렀다. 기분 좋게 웃으며 촛불을 끄는 하나코와 각자 준비해온 선물을 건네는 야마노 일가. 나는 편지와 목걸이를 지금 건네지 않고 이따가 온천욕이 끝난 후 항상 올라가던 그 동산에서 하나코에게 전해줄 생각으로

"이따 둘만 있을 때 선물을 줄 생각이야."

라고 말했다. 하나코는 굉장히 기대에 찬 얼굴로 웃으며 알겠다 답했고, 동생들은 그런 하나코를 부러워하며 식사를 이어나갔다.

식사가 끝나고 우린 마을 외곽의 작은 온천으로 향했다. 걸어서 십 분이면 가는 거리에 있기에 우린 한창 이야기 꽃을 피우며 걸었는데, 하나코는 내가 준비한 선물이 무엇인지 무척이나 궁금해하며 계속해서 물어봤지만 나는 여유롭게 이따가 알려주겠다고 했다. 약간 뾰루퉁해진 하나코의 손을 잡고 정말 정성 들여 준비한 선물이니까 둘만 있을 때 건네주고 싶다는 내 말에 씨익 웃어 보이며 알겠다고 하는 하나코였다.

그러는 새에 우린 온천에 도착했다. 온천의 주인 아저씨는 명품 브랜드의 초콜릿을 건네며 하나코에게 열아홉 번째 생일을 진심으로 축하하고, 또 이번 생일에도 어김없이 우리 온천을 찾아주었다고 말하시곤 기분이 무척 좋아 보이셨다. 그러다 그 아저씨는 나

를 발견하시곤 내가 누군지 아주머니께 묻자, 아주머니는 우리 민박의 새로운 식구라고 하셨다.

식구... 식구라니. 솔직히 말하면 난 많이 감동했다. 그러자 주인 아저씨는 하나코의 손을 잡고 있는 나를 보고는 참 잘 어울리는 한 쌍이라며 오글거리는 칭찬을 마구 하는 게 아닌가. 나와 하나코는 금방 얼굴이 빨개져 각자 얼른 탈의실로 도망치듯 들어갔다.

사실 일본 온천은 처음인데, 한국의 대중목욕탕 탈의실의 느낌은 비슷하지만 야외 온천탕으로 나가자마자 확실히 한국과는 분위기가 다르다는 것을 깨달았다. 오늘은 평일이고, 해가 질 무렵이라 그런지 손님이 한 명도 없었다. 큰 온천탕에 몸을 담그고 언젠가 만화에서 본 물수건을 이마에 올리는 주인공의 모습을 떠올리며 똑같이 따라 했다.

"너, 제대로 온천욕을 할 줄 아는구나?"

하시며 들어오시는 마사키 아저씨. 나는 한국에도 목욕탕은 있지만 역시 일본의 온천에는 못 미친다고 말하며 아저씨의 옆으로 갔다. 아저씨는 항상 하나코의 생일엔 가족 모두가 이 온천에 온다 말씀하셨고 이번엔 나도 같이 온 것이 정말 기쁘다고 하셨다. 이미 내가 일가의 식구 아니냐는 아저씨의 말에 나도 덩달아 기분이 좋아져 씨익 웃어 보였다.

그러는 새에 치후유가 빠르게 뛰어오더니 탕 안으로 점프를 하는데, 그 탓에 머리가 다 젖어버렸다.

"치후유, 너도 이제 다 컸으니까 애 같은 짓은 하지 마라."

다그치는 아저씨와 짓궂게 아저씨에게 물을 뿌리는 치후유. 이 부자의 모습에 나는 우리 아버지도 아저씨 같은 사람이었다면 하는 부러운 생각에 깊이 잠겼다. 이것이 지극히 평범한 부자의 모습인데, 평범하지 못한 나는 이 둘이 너무도 부러운 마음이다. 내가 조용해지자 마사키 아저씨는 갑자기 어깨동무를 하시더니 크게 웃으며 말씀하셨다.

"아들 한 명으론 조금 심심했는데, 이제 두 명이라 정말로 믿음직해서 좋네! 누가 무어라 할지라도, 또한 네가 어떻게 생각할지라도 가온이 너는 이미 우리 가족이란다. 언제라도 몇 번이라도 그리 말해주마."

...실은 나, 이 말을 듣고 눈물이 나오려던 걸 필사적으로 참았다. 나를... 이 나를 이미 가족이라고, 아들이라고 말한 아저씨의 그 따뜻한 마음이 내 안 깊숙한 곳을 울리려 한다. 마사키 아저씨는 지긋이 나를 바라보시곤

"너는 나를 아버지라 생각하고 대하거라. 나는 이미, 아니 우리 모두가 너를 이미 같은 한 가족이라고 생각한단다."

라고 말씀하시더니, 치후유와 함께 찜질방으로 나가셨다. 아아, 정말... 너무나 가슴이 따뜻해져 온다. 나는 그동안 부정당하면 당했지 무언가 인정을 받은 적이 없었고, 더군다나 누군가가 나를 이토록 소중히 받아들였던 적은 단 한 번도 없었다. 그래서 나는 이

들 모두를 만난 것이 어쩌면 운명이라 생각한다. 또한 과분하게 생각하면서도 진심으로, 온 맘 다해 감사할 따름이다.

그렇게 뚝뚝 떨어지는 눈물을 닦고 혼자 온천욕을 즐기려는데, 뒤의 대나무를 엮어 만든 칸막이 벽 너머로 누군가가 시끄럽게 떠드는 소리가 들려왔다. 그 소리에 집중하자 소리의 주인공은 다름 아닌 하나코와 하루카라는 걸 알게 되었다.

"언니, 가온이 오빠랑 진도는 어디까지 나갔어~?"

"그 오빠의 어디가 제일 맘에 들어?!"

...이런 얘기인 줄 알았으면 차라리 나도 아저씨를 따라나갈 걸 그랬다. 그러면서도 하나코의 반응이 은근히 궁금해져 조용히 하나코의 말에 집중했는데, 뭔가 굉장히 떨리는 듯한 말투로

"...그냥 난, 그 사람의 모든 게 다 좋아. 그 사람이 좋아하는 것은 나도 좋아하게 되고. 그 사람이 싫어하는 것은 나도 싫어하게 되고. 그냥... 그냥 그 사람의 모든 것이 이제는 마치 내 반쪽이 된 것 같아."

탕이 뜨거워서일 수도 있지만, 얼굴뿐만이 아니라 몸 전체가 후끈후끈거려 정말로 더웠다. 저런 사랑스러운 생각을 하는 하나코가 너무나 애틋하고 기특했기에 미소가 절로 지어지는 게 아닌가. 그러다가 나를 완전히 초집중 하게 만든 것은 하루카의 마지막 질문이었다.

"언니는 앞으로 가온이 오빠랑 무엇을 제일 하고 싶어?"

이 질문 이후로 잠깐의 정적이 흐르다 입을 연 하나코의 답은 이러했다.

”…둘만… 둘이서만 같이 살아보고 싶어…“

그 후엔 하루카가 미친 듯이 웃어대는 소리, 잊어달라며 크게 부끄러워하는 하나코의 목소리를 마지막으로 나는 도망치듯 온천 밖으로 나갔다. 옷을 급하게 갈아입고 밖으로 나가자, 곧 집으로 돌아가자고 말하는 아저씨 덕에 조금 진정이 되었다.

야마노 일가 아니 우리 가족들이 하나둘씩 밖으로 나오고, 마지막으로 나온 하나코를 끝으로 우린 민박으로 돌아가기 시작했다. 이미 해가 진 무렵 어스름한 밤하늘이 우릴 반겼다. 유키야마 민박으로 돌아가는 길에, 나와 하나코는 항상 올라가던 그 동산으로 향했다. 내가 처음으로 후지산을 봤던 곳, 동시에 하나코에게서 처음 달이 아름답다고 들은 곳… 바로 이곳.

우리는 그곳의 달빛이 가장 잘 드는 풀숲에 아무 말 없이 서 있었다. 기분 좋게 선선히 부는 바람, 처음 입을 맞춘 그날처럼 밝게 빛나는 하나코의 두 눈동자. 그리고 손을 마주 잡은 채 아무 말 없이 서로를 바라보는 우리 둘.

나는 하나코에게 잠시 기다리라고 말한 뒤, 낮에 미리 가져다 두었던 리시안셔스 꽃다발이 숨겨진 바위로 향했다. 꽃다발을 등 뒤로 숨기며 사박사박, 하나코에게로 걸어갔다.

“무슨 선물을 준비했기에 이렇게나 뜸을 들이나요?”

하나코는 상냥하게 미소를 지으며 물어본다. 나는 그저 아무 말 없이 계속 걸어가 이내 하나코의 앞에 섰다. 그러고선 나지막이 입을 열었다. 눈과 눈을 똑바로 맞추고서 말이다.

"하나코, 나는 그동안의 아픔과 설움은 다름 아닌 우리가 만나기 위해 필요했던 과정이라 생각해. 그 과정 중에 세상에서 제일 사랑하는 사람이 이제 더 이상은 내 곁에 없게 되었지만, 나는 너를 만나 또 다른 형태의 사랑을 받고 있음을 알 수 있어. 너무나 과분하지만 너무도 따스한 사랑을 말야."

"있지, 이 꽃의 이름은 리시안셔스라고 해. 나는 말 그대로 이 꽃의 꽃말을 소원으로 빌며 네게 그 의미를 선물로 주려 해. ...변치 않을 사랑을 말야."

하나코는 말없이 가만히 꽃다발을 받고선 환한 미소를 지으며 나를 바라보았다.

"그리고, 나는 그것에 그치지 않아."

한 땀 한 땀 줄을 잇고, 사진 한 장면 한 장면을 사랑하는 마음을 담아 박제한 펜던트로 된 고후 전통 펜던트 목걸이를 하나코의 목에 걸어주며 나지막이 말했다.

"여기 나의 변치 않을 사랑을 받아줘. 지금까지도 그리고 앞으로도 변치 않는 마음을 담아 만든 이 목걸이와 그 약속을 지닌 나의 선물을 너는 받아줄 수 있어?"

바람이 세게 불어 하나코의 머리카락이 휘날린다. 그리고 동시에 하나코의 얼굴을 가렸는데, 바람이 잠잠해지고 달을 가린 구름이 걷히자 달빛을 한가득 머금은 소녀의 두 눈에서 짙은 눈물이 흘러내렸다.

"분에 넘치는 선물 잘 받았어요. 앞으로 나는 이 목걸이를 무슨 일이 있어도 일 년 동안 목에서 떼지 않을래요. 그리고…"

하나코는 주머니에서 내가 준 것과 똑같은 목걸이를 꺼내 나의 목에 걸어주며 말했다.

"저는 제 소원을 이 목걸이에 담았어요. 당신이 일 년 동안 이 목걸이를 품에서 떼지 않는다면 그때 나의 소원이 이루어지겠죠. …가온아, 내가 정말 많이 너를 사랑하나 봐."

"언젠가 그 설산을 함께 오르는 그 순간까지, 오르고 나서도 우리… 여전히 지금처럼 서로가 서로의 절반이 되어주자. 나의 소원이 무엇인지 아니? 그것은 바로, 하나뿐인 너의 꿈이 이루어지는 것을 가장 가까이서 나 또한 함께 바라보는 거야."

"…이미 후지산은 우리의 산이야. 그 설산은 이미 우리의 약속이야."

달이 정말 아름답게 걸린 밝은 밤 가운데, 그 달빛의 기운을 받아 가장 환하게 빛나는 소녀는 펑펑 울며 내게 안겨 몇 번이고 뜨거운 사랑을 말했다. 또한 우린 시간이 얼마나 지나갈지라도 변하지 않을 맹세를 했다. 일 년이 지나고, 또 몇 년이 더 지나갈지라도 평생 이 목걸이를 품에서 떼지 않겠다고 말이다.

그렇게 우리는 뜨겁고도 무거운 사랑의 맹세를 했다. 그러므로 우리는 차갑지만 가벼운 밤바람을 등 뒤로 하염없이 서로를 끌어안은 것이다. 막 올라온 달빛이 참으로 미지근한 고후의 동산 위에서.

14. 가온아, 언제나처럼 그 동산으로 가 함께 후지산을 보자

나는 요새 자주 꿈을 꾸곤 한다.

원래 꾸던 그 꿈을 최근 들어 많이 꾸는데, 가온이가 탁하고 좁은 방에 있는 장면이 아닌 새하얀 눈밭이 펼쳐진 어떤 설산에 다름 아닌 내가 홀로 서 있는 모습을 볼 수 있다. 가온이의 모습은 나오지 않고 그저 보이는 것은 하얀 설산 눈밭 한가운데에 노란색 꽃이 한 송이 피어 있는데, 처음 이 꿈을 꾼 것은 아마 삼 주 전이었을 것이다.

처음엔 그 꿈속에서 본 노란색 꽃 한 송이가 아주 강렬하게 빛을 내뿜으며, 담대하다 느낄 정도로 피어 있어 시선을 독차지했는데, 무척이나 아름답고 또한 그 존재감이 대단했다. 두 번째로 그 꿈을 꿨을 때는 꽃의 꽃잎이 하나 떨어져 있는 모습으로 나왔는데, 꽃잎은 원래 다섯 송이였으며 한 송이가 떨어진 모습을 본 것이다.

나는 그저 이 꿈을 연속적으로 꾸는 이유를 도무지 모르겠는 마음이고, 꿈 해몽을 인터넷으로 찾아보아도 관련 문서가 나오지 않아 답답했기에 혹여 가온이와 내가 똑같은 꿈을 꿨던 그때와 같은 상황일까 하여 가온이에게 물어봤지만, 가온이는 그런 꿈은 꾸지 않았다고 한다.

…지금은 이른 새벽, 꽃잎이 세 개밖에 남지 않은 장면을 보고

잠이 깼다. 하나 이상한 것은, 몇 년 전 가온이와 내가 꿔오던 꿈에서 본 꽃의 생김새와 이 꽃이 동일하다는 것인데, 그것은 민들레가 아니다. 그렇다고 해바라기도 아니다. 우리는 아직도 그 꽃이 무슨 꽃인지 모르기에 그저 답답할 뿐이다.

매서운 날씨는 점점 따스하게 풀리고, 하루카는 이제 봄에 입는 춘추복을 입는다. 치후유는 기숙학원이 덥다며 찡찡거리고, 가온이는 이번에 새로 알바를 시작했다. 그건 다름 아닌 엄마의 일손을 도맡아 하는 것인데 가온이는 설거지, 손님 응대, 계산과 서빙을 주로 하는 일을 맡았다. 엄마는 가온이가 일머리가 있다며 아주 예뻐하시는데, 솔직히 그런 모습이 보기 좋고 더욱더 우리 가족과 가온이가 가까워진 것 같아 뿌듯했다.

그래, 이 모든 것은 전부 평화롭다. 나만 빼고 말이다.

4월 중순이 넘어가는 무렵, 사실 나는 몸이 조금 이상하다는 것을 느꼈는데, 밥을 먹으면 속이 많이 안 좋고 밤이 되면 미열이 난다거나, 평소에는 있지도 않던 두통이 몰려온다. 요즘 엄마 아빠는 우리 민박을 식당과 함께 다시 재가동하려 힘을 쓰시는 중이고, 가온이는 데이트할 때가 아니면 우리말을 공부하거나 일을 하고, 하루카는 곧 시험을 치기에 나의 이런 몸 상태를 말하기엔 조금 부담스럽기도, 괜히 걱정 끼치는 것 같아 아직 아무한테도 말은 하지 않았다.

점점 여름에 가까워지는 지금은 4월 말. 솔직히 말하자면 몸이 은은하게 아파오는 때가 잦아졌다. 그래서 가온이는 내가 아플 때마다 안색이 안 좋다며 걱정을 했지만 나는 원래 이맘때면 겪는 꽃가루 알레르기 때문일 것이라 둘러대고 지내다, 어느 하루는 정말 몸이 좋지 않은 날이 있었다.

그날은 다름 아닌 바로 그저께였는데, 나타나는 증상은 배 속에서 무언가 뾰족한 것으로 콕콕 찌르는 듯한 느낌이 시작되어 먹은 것을 전부 토하고 밤에는 심한 고열이 났으며 머리는 깨질 것 같이 아팠다. 그래서 날이 밝자마자 가온이와 엄마는 나를 시내에 있는 큰 병원에 데려갔는데, 의사 선생님이 말하길 나의 증상이 약간 악성 종양의 초기 증상 같다고 하셨다.

걱정되는 마음이 급격히 몰려와 그렇게 나는 여러 검사를 받았는데, 아직 결과가 나오지 않아 기다리는 중이다. 오늘, 즉 지금도 그 설산의 꽃을 보는 내가 나오는 꿈을 꾸고 깨어났는데, 일어나자마자 속이 좋지 않아 화장실로 향하다 그만 다리에 힘이 풀려 주저앉게 되었다.

…나는 무언가 잘못되어 간다는 것을 느꼈다. 내가 살면서 이렇게나 아팠던 적이 있던가? 아니, 단연코 말하자면 없다. 내가 아주 어렸을 때 잔병치레가 많았다고 아빠에게 듣긴 했지만, 그때 말곤 이런 적이 없었기에 솔직히 말하면 많이 무섭다. 너무도 두렵고, 나도 내가 왜 이러는지 몰라 가슴이 답답하다.

지금은 아직 아무도 깨지 않은 것 같은데 그렇기에 더 소리 내

울 수가 없다. 그러나 두려운 마음은 여전히 가시지 않아 울음이 나오려 하고, 호흡이 점점 거칠어졌다.

"하아, 하아..."

뜨거운 숨을 내뱉으며 처음 겪는 이런 상황이 몹시나 두려워 참을 수 없을 것 같던 그때, 누군가가 뒤에서 나를 강하게 끌어안았다.

"...괜찮아, 괜찮을 거야."

그는 괜찮다고 말은 해도 떨리는 호흡은 숨길 수 없었나 보다. 내 앞에서 가온이가 이렇게까지 불안해하고 당황스러워하던 적은 같이 마을을 걷다가 실수로 내 발을 밟아서 아파했을 때 말곤 한 번도 없었는데 말이다.

...몇 주 전부터 문득, 내 마음속에선 곁에서 웃고 있는 저 가온이의 얼굴을 볼 수 있는 시간이 머지않아 사라질 것이라는 확신에 가까운, 어쩌면 일종의 촉과도 같은 느낌이 몰려오기 시작했는데 그럴 때마다 호흡이 잘 안 되고 내뱉는 숨은 뜨거워서 꽤 불쾌한 기분이 들었다. 지금도 마찬가지다, 그 빌어먹을 느낌이 또 내게 찾아와 가온이가 나를 끌어안고 있어도 여전히 불안하다.

가온이는 나를 일으켜 세운 후 번쩍 안아 침대로 데려가 눕히고는 아직 이른 새벽이니까, 조금 자고 일어나면 괜찮아질 거라 말하며 이마에 입을 맞췄다. 시도 때도 없이 졸음이 몰려오는 요즘이어서 그런지, 나는 곧바로 잠에 든 것을 알 수 있었다.

...또 설산 눈밭에 그 노란 꽃을 보는 내가 보였기 때문에.

설마 하고서 나는 시선을 꽃으로 돌렸는데, 아니나 다를까 꽃잎이 이젠 두 개밖에 남지 않은 것이다. 그런 꽃송이를 보는 꿈속의 나는 첫 번째로 꿈을 꾸던 때와 다르게 뿜어내는 빛이 희미해진 몇 송이 안 남은 그 꽃을 쓰다듬으며 떨어진 꽃잎을 다시 붙이려 했다. 그러나 이미 떨어진 꽃잎은 당연히 붙여지질 않았다. 마치 돌이킬 수 없는 것처럼.

그러한 장면이 내게는 너무나 기괴하고 불쾌했기에 시선을 다른 곳으로 돌리려 했지만, 마치 가위에 눌린 듯 고개가 돌려지지 않았다. 그래서 나는 강제로 그 꽃을 보는 나를 가만히 바라볼 수밖에 없었는데, 꽃 앞에 쭈그려 앉은 또 다른 나, 그렇게 보이기 시작한 나는 무척이나 서럽게 울고 있었다.

이쯤 되니 나는 이 상황 자체가 너무 무섭고 싫어졌기에 이제는 그만 깨라고, 어서 빨리 일어나라며 소리를 치려 했지만 역시나 목소리 또한 전혀 나오지 않았다. 이윽고 눈물이 뚝뚝 흐르는 지경까지 되자 나는 이제 꿈에서 깨는 것을 포기하다시피 그저 멍을 때리기 시작했는데, 초라해진 꽃과 그것을 바라보던 또 다른 나의 뒤에 이 설산의 눈보다 훨씬 하얗고 그 꽃이 뿜어내던 빛보다 더욱더 노란 어느 빛 한 점이 강렬하게 빛나고 있는 것이 보였다.

무척이나 이상했다. 나는 그 빛을 보기 전까지 너무나 무서웠는데, 그 빛을 본 후엔 이상하리만치 마음이 진정되고, 어딘가 친숙한 느낌을 받았기에 안정이 되다가도 문득, 정말 이유 없이 눈물이 절로 쏟아져 내렸다. 무서워서 운 것도, 싫어서, 불쾌해서 운 것도 아니었다. 그저 너무도 구슬프고 서러운 느낌에 나도 모르게 눈물이 나온 것이다.

맞다. 왜인지는 모르겠지만 그 빛을 바라보자면 너무도 슬픈 기분이 들며, 또한 거기에 버금가는 환하디환한 따스함을 느낄 수 있는데, 일순간 빛이 천지를 감싸더니 곧이어 눈을 뜰 수 없을 정도로 환해져 모든 것이 보이지 않게 되는 것이 아닌가.

내가 가까스로 눈을 떴을 땐 하얀색 천장이 희미하게 보이고, 여러 사람들의 바쁜 듯한 말소리, 누군가가 슬피 우는 듯한 울음소리만이 느껴졌다.

"...이것도 꿈일까?"

"아님, 내가 죽기라도 한 걸까?"

"...두려워..."

이러한 생각들이 오가는 것을 멈추게 한 건, 다름 아닌 내가 세상에서 제일 사랑하는 사람의 목소리였다.

"하나코, 오늘은 달이 참 아름다워."

"...같이 달을 보러 가지 않을래?"

들려오는 목소리의 주인은 다름 아닌 가온이였다. 내가 세상에서 제일로 사랑하는 가온이의 다정한 목소리.

어느 날, 평범했던 내 우주에 화악 하고 생긴 샛별이, 끝없는 암흑 속을 걷다가 순간 보인 환한 빛이, ...어느 날, 나의 그런 세상에 뚝 하고 떨어진 내 사랑 성가온이 미동도 없이 나를 내려다보며 그 예쁜 미소를 지닌 얼굴로 슬프게 흐느끼며 울고 있었다.

나는 당장이라도 가온이를 안아주고 싶었지만 몸은 움직이지 않았고, 말도 나오지 않았다. 그저 슬프게 흐느끼는 저 아이를 하염없이 바라볼 수밖에 없던 것이다. 이 아이의 눈 밑 점과 이 아이의 부드러운 입술, 그리고 이 아이의 아름다운 갈색 머리칼, 이 아이의 맑고 투명한 흘러내리는 눈물. 무엇 하나 놓치지 않고서 눈에 되새김질했다.

나는 소망한다. 그저 평생을 불행했던 저 아이가 나를 만나 줄곧 행복했으면 하는 그런 소박한 소망.

그런데 하느님은 약자의 말 따윈 잘 들리지 않으신가 보다. 약한 자를 위하고, 이 땅의 모든 살아있는 것들을 사랑하시는 하느님은 가끔씩 이상하다. 정말로 어렵고 두려울 땐 하느님은 기도를 잘 듣지 않으시는 것 같다.

"...세상에서 제일로 사랑하는 저 아이가 부디 저 때문에 우는 일이 없게 해주세요, 그래 주실 거죠?"

라고, 매일 밤 했던, 또한 지금도 하고 있는 이 기도를 하느님께서는 듣지 않으시려나 보다. 그냥 전부 아무래도 좋다. 아무렴 다 좋으니, 이제야 희망을 찾은 저 아이에게 손을 한 번만이라도 뻗어 흐르는 눈물을 닦아줄 수만 있다면 나는, 아무래도 좋다.

...그래서였을 것이다, 가온이의 눈물이 멈춘 것은. 너무도 원해서였을까? 나의 작은 손이 가온이의 볼을 살살 어루만지고 있는 것은.

...씨익 웃어 보였다, 언제나처럼. 그러나 엄지를 치켜세우지는 못했다, 언제나와는 다르게. 그럼에도 나는 최대한 미소를 지으며 마음속으로 가온이에게 말을 걸었다. 함께 마을의 그 동산으로 가, 언제나처럼 우리 후지산을 보자고 말이다.

아아, 점점 따뜻해져 간다. 나의 이 몸도 마음도. 아마 울고 있는 가온이의 옆에서 저토록 강렬히 빛나고 있는 이 환한 빛 때문일 것이다. 꿈에서 나를 비추던 빛은, 현실에서도 지금, 나를 한없이 따뜻하게 비추고 있다.

"...저 빛은 꿈속에서나 현실에서나, 정말로 강렬하네..."

왜인지 모르게 난, 너무도 졸려와 눈을 감게 되었다. 그러나 눈을 감았어도 그 빛의 여운이 남아 있어 아마도 쉽게 깨어나지는 못할 것 같다.

15. 흐름을 읽었다면 달랐을까

언제나 그래왔다. 나의 인생 속에서 가장 소중한 이들은 언제나 불행했고, 아팠으며, 잘못되어갔다. 나는 그것이 어쩌면 저주가 아닐까 하고 생각한다. 차라리 내가 대신 아프고 싶고, 슬프고 싶고, 또한 기꺼이 대신 잘못되어 주고 싶다.

엄마는 나를 위해 자신을 희생하다 돌아가신 거나 다름없다. 아버지란 사람이 그 불행을 제공했고, 엄마는 제공된 불행의 흐름이 나에게까지 오지 않기를 원했기에 자신이 대신 희생을 한 것이다. 요컨대 인생 자체는 하나의 흐름이다. 흐름이란 인간이라면 누구에게나 있고, 또한 어디에나 존재한다.

쉽게 말하면, 가령 내가 일본이라는 타국에 와서 운명이라 여기고 있는 하나코를 만나게 된 것은 일종의 인생 속에 있는 하나의 흐름이었던 것이다. 더 단순하게 설명하자면 물을 많이 마시면 화장실을 가고 싶고, 배가 고프면 우린 음식을 먹는다. 즉, '생각으로 한 것이 현실로 이어지며 자연스레 전개되는 것' 자체가 '흐름'인데 나는 이렇게 생각한다.

앞서 말했듯 생명을 가진 모든 이들에게는 '인생'이라는 길이가 길고 매우 구불구불한 줄이 주어진다. 그 줄은 즉슨 하나의 고정된 흐름이며 과거이고, 미래이자 동시에 현재인 것이다. 이렇듯 기본

베이스의 흐름인 '인생'은 누구에게나 주어지는 것인데, 이 흐름이라는 것을 알고 있고 볼 수 있는 사람들은 자신에게 기본적으로 주어진 인생이라는 이름의 흐름이자 줄을 묵묵히 따라감과 동시에, 자신이 가고자 하는 길과 목표를, 또는 간절한 바람을 생각하여 설정한 후, 그것이 이뤄지기 위해 마음속으로 간절히 그것만을 바라고 되뇌며, 현실에서는 자신이 정한 그 바람에 관한 노력과 행위만을 질리도록 계속해 실행하려 애쓴다.

그렇다면 이들의 결과는?

인생이라는 기본적으로 주어진 흐름에 자신의 길, 목표, 바람이라는 또 하나의 흐름을 얹어, 두 개의 흐름이 공존하며 합쳐지게 되고 결국 현실로 흘러나와 그렇게 원하던 것을 이루게 된다. 이해를 돕자면, 수많은 이들은 그저 자신 앞에 주어진 인생이라는 고정된 흐름을 마냥 따라가기 바쁘지만, 앞서 말한 이들은 기본적으로 흐름을 스스로 만들어내고, 그 만들어낸 흐름을 기존의 흐름인 현실 위에 얹는다.

고정된 흐름을 그저 따라가기만 하는 이들과는 달리, 자신이 실현하고자 하는 것들을 새로운 가능성인 '흐름'으로서 만들어내고, 고정된 흐름인 현실에 그 흐름을 얹고선 결국 현실에서 스스로 만들어냈던 그 흐름이 실체화되어 이뤄지도록 하는 것이다.

나는 이 흐름이라는 개념을 좁고 어두운 예전 그 집에서 엄마와 아버지의 모습, 현재 내가 처한 현실과 나의 과거, 그리고 깊은

138

내면 속을 매일같이 돌아보며 힘들게 깨달았다. 깨달았기에 엄마가 돌아가신 상황 속에서도 어떻게든 이겨내 보려, 또한 내가 처한 이 현실을 다른 흐름으로 바꿔내 보려 '후지산을 오르겠다'라고 내가 정한 목표이자 바람을 설정해 곧이어 일본으로 향하는 새로운 가능성의 흐름을 만들어냈고, 새로 만든 그 흐름을 타고 가다 보니 야마노 일가와 하나코 또한 만나게 된 것이다.

지금까지만 해도 나의 이 흐름에 대한 이론을 아주 절실하게 믿고 있었는데, 사실 한 가지 간과한 것이 있는 것 같다. 그것은 바로 아무리 스스로 흐름을 만들어내고, 그 흐름을 기존의 현실에 얹는다 할지라도 당장 일 분 뒤의 상황조차 알 수 없는 '현실'이라는 고정된 흐름의 절대적으로 변치 않는 상황, 그리고 예측 불가한 변수가 모여 고인 거대한 호수와도 같은 이 '세상' 안에서 살아가는 우리는 개인이 정한 새로운 흐름이 그대로 이뤄지는 경우가 거의 없다는 것. 나는 이것을 간과했었다.

아니, 사실은 알면서도 애써 외면해왔을지도 모른다. 나라에서 기초생활수급자 대상에게 주어지는 푼돈을 받으며 가난한 생활을 할 때에도, 다니던 학교에서 나의 그 가난이 조롱받을 때에도, 돌아가시기 전 엄마의 병원비를 낼 돈이 없던 상황에서도 나의 현실은 내가 정하고 만든 흐름대로는 흘러가지 않았다는 것.

실은 이제야 깨달은 것인데, 성공한 이들은 그저 새로운 가능성 즉, 새 흐름을 만들고 그것을 인생이라는 이름의 기존 흐름과 합쳐 자신의 성공이라는 결과를 만들어낸 것뿐만이 아닌, 자신이 처한 현실, 자신의 간절한 바람 이 두 개의 흐름을 합치고 실천해 나아가면서도, 그와 동시에 기본적인 흐름인 인생과 자신이 만든 새로운 가능성 즉, 바람이라는 흐름이 최대한 온갖 변수들로부터 방해받지 않도록, 자신이 그리던 바람과는 다르게 현실이 흘러갈 때마다 그 현실과 타협하여 처음 자신이 정하고 만든 새 흐름의 내용을 계속해서 수정하고, 일부는 포기해 나가며 현실이라는 기존 흐름과의 절충안을 끊임없이 만들어 나간 뒤, 그렇게 미약하게나마 이어지던 자신의 새로운 흐름을 기존 흐름에 얹는 것을 포기하지 않고서 그것을 반복해 왔기에 결국 이뤄낸 것이다.

동시에 현재 처한 자신의 현실과 바람. 이 두 개의 맑고 깨끗한 흐름을 살면서 생기는 변수라는 더럽고 탁한 흐름들로부터 지켜내고 또 지켜온 것이다.

나는 분명 하나코와의 미래를 그려가며 현재를 살아왔고, 과거에 깨달은 이 이론을 되뇌며 좀 더 현명한 쪽으로 살고 있었다 생각했는데, 앞서 말한 더럽고 탁한 흐름인 변수를 전혀 인지하지 못했고 상상조차 못했던 나였음을 알 수 있었다. 다른 이들은 어떨지 모르겠지만 적어도 나는 평화롭거나 행복한 현실이 지속되다 보면 그 현실이 무너질까 하는, 현실과 대비되는 부정적인 걱정과 불안이 몰려오는데, 그럼에도 불구하고 정말 바보같이 나의 이런 현실이 깨질만한 변수들을 전혀 예상하지도, 인지하지도 못하고 있던 것이다.

하나코가 크게 아프기 전, 그녀의 가벼운 증상들이 눈에 보였지만, 나는 눈앞에 보란 듯이 존재하는 행복에 그야말로 눈이 멀어 하나코의 위독한 몸 상태라는 변수를 보지 못했던 것이나 다름없다.

...하나코의 병은 폐 농양이다. 그녀의 친가 쪽 유전적 요인으로, 하필이면 하나코가 유전병으로서 폐 농양이 얻어걸리게 된 것인데, 사실 오래전부터 그녀 몸 안의 염증이 있었다가 그것이 폐렴으로 악화되었고, 이상하게도 하나코는 증상을 전혀 느끼지 못해 자신이 병에 걸렸다는 사실을 인지하지 못하고 지냈기에 결국 폐 농양이라는 큰 병으로 악화된 것이다.

의사에게 이 말을 들었을 때 미야카 아주머니는 몸을 가누지 못하며 오열하셨고, 마사키 아저씨는 눈에 초점이 전혀 없었다. 그러나 다행히도, 정말 다행히도 엄마가 입원했을 때와는 다르게 수술비를 낼 여건은 되는 상황이다. 아저씨와 아주머니는 빚을 지고 사채를 쓰더라도 모자란 돈을 메꾸리라 하셨고, 나도 얼마 남지 않은 가져온 돈 전부를 수술비에 쓰라 하며 아주머니 아저씨께 드렸다.

그러나 문제는 현재 하나코의 폐조직 세포가 이미 많이 죽었고 그에 따라 폐 안에 구멍이 뚫렸으며, 고름이 많이 분포되어 있어 매우 힘든 수술이 될 것이라는 의사의 말.

일주일 전, 이른 새벽에 바닥에 주저앉아 숨을 헐떡이고 있던 하나코를 진정시키고 침대에 눕힌 후 나는 잠시도 눈을 떼지 않고 하나코를 지켜보았는데, 그러다가 정말 어리석게도 졸음이 쏟아져 와 잠에 들었던 적이 있었다. 또 그 탁한 방에 나 혼자 있고 노란 꽃이 방 안에 가득한 그 꿈이었는데, 저번에 그 꿈을 꿨을 때만 해도 방 안 가득 차 있던 꽃들이 거진 절반이나 없어져 있었고 방 안은 더욱 어두워져 있어 그다지 기분이 좋지 않았다. 심지어 남아 있는 꽃들 또한 뿜어내는 빛이 그리 강하진 않았고 잎새가 쭈그려든 형태였기에 직감으로 무언가 불길하다는 느낌을 느낄 수 있었다.

그 직감이 들고 깨달은 순간, 눈이 순간적으로 떠져 바로 하나코를 보았는데 ...나는 아직도 잊혀지지가 않는다. 그녀는 자고 있던 게 아니라 기절해 있던 것이나 다름없었다. 입에서는 붉은 피가 흐르고 있었으며 땀에 범벅이 된 채로 호흡이 일정하지 않았다. 그런 그녀를 본 나는 온 세상이 무너지는 듯한 충격에 휩싸여 패닉이 왔는데, 몸은 심하게 떨려오고 싫은 생각이 자꾸만, 자꾸만 들었다.

하나코가 엄마의 마지막 모습과 겹쳐 보이기 시작하던 그때, 말 그대로 눈 앞이 새까맣게 되어버렸다. 하나코가 돌아가신 엄마처럼 될까 봐, 또다시 내 세상이 무너질까 봐, 다시 한번 세상에서 제일 사랑하는 사람을 잃어버릴까 봐 하는 끝없는 무력감과 공포감에 찾아온 공황이 나를 집어삼킬 때쯤, 아래층에서 들리는 하루카의 알람 소리에 순간 정신이 번쩍 든 나는 곧장 시내의 큰 대학병원에 전화를 했다. 동시에 나는 하나코가 지금 의식이 없다고 고래고래 소리를 쳤다.

그렇게 온 가족이 하나코의 방으로 오게 되고 이후 나는 차마 아주머니, 아저씨의 얼굴을 볼 수 없어 그저 지금 바로 출동하겠다는 응급대원의 말을 끝으로 끊어진 전화기를 꽉 붙잡고 있을 수밖에 없었다.

...이유가 뭐길래. 도대체가 이유가 뭐길래, 아니 이유가 있긴 한 걸까? 눈앞에서 내가 제일 사랑하는 사람이 죽어가는 것을 두 번씩이나 보여주는 이런 씹어 먹어도 시원찮을 지옥 같은 세상은 도대체 왜 나에게서 모든 것을 빼앗아 가려 애쓰는지 그 이유를 알 수조차 없게 되었다.

내가 지금 분노하는 것인지, 슬퍼하는 것인지, 그것도 아니라면 도대체 이 감정을 무어라 불러야 할지도 모르게 된 채로 구급차 안에서도, 응급실 안에서도 나약하고 어리석은 나는 있는 힘껏 소리 내어 울 수밖에 없었다.

그 이후로 하나코는 계속 의식을 되찾지 못하고 있고, 수술 일정은 아직 잡히지 않아 중환자실에 시체처럼 그저 누워 있을 뿐이다.

나는, 나는... 하느님도 의사도 아닌 돌아가신 엄마에게 닿을지도 미지수인 기도를 몇 시간째인지 조차 모를 만큼 하고 있다.

"엄마... 엄마가 돌아가신 그날 새벽에 내가 무슨 생각을 했는지 엄마는 꿈에도 모를걸?"

"...차라리 대신 죽고 싶었어요. 내가 살아갈 이유인 당신이 없

어질 바에 그냥 차라리 내가 없어지고 당신이 존재했으면 하는 그
런 생각을 했어."

"그런데 언제나 그렇듯 세상은 어떻게든 나를 죽이고 싶어 하나
봐, 내가 소망하는 모든 것들은 이뤄지지 않았잖아."

"결국 당신은 멀리 떠나버렸고, 지금의 내게 있어 가장 소중하
고 평생을 사랑해 마지않는 사람이 죽어가고 있어요."

"...난 더 이상 내가 살아갈 이유를 잃고 싶지 않아..."

"엄마... 엄마..."

"한번이라도, 제발 단 한 번만이라도 좋으니까 저 아이가 웃는
얼굴을 다시 한번 볼 수 있게 도와주시면 안 돼요?"

"...저 애가 웃으면 그 미소가 얼마나 아름다운지 보는 나까지 웃
음이 절로 나오고요. 저 애가 얼마나 상냥한지 곁에서 그 상냥함을
끝까지 지켜주고 또 느끼고 싶고..."

"엄마랑 오르기로 했던 우리의 산... 그 후지산을 저 애도 같이
오르겠다고... 했는데. 펜던트 목걸이도... 나... 한 번도 품에서 뗀 적
없는데. 왜? ...왜죠?"

"차라리 나를 데려가 달라고... 엄마 있는 곳의 가장 높으신 분
에게, 그것이 신이 되었든 악마가 되었든 그저 전해주시면... 안 되
나요?"

기도를 드리던 내가 정신을 차렸을 땐 하루카가 오열하며 나의
눈물을 닦아주고 있었다. 하루카의 하얀 와이셔츠 소매가 피로 물

든 것을 보게 되었을 때, 나는 그제야 내가 피눈물을 흘리고 있었다는 것을 알게 되었다. 치후유는 아주머니의 품에 안겨 몸을 가누지 못하고 있었고, 아저씨는 의사의 멱살을 잡으며 반쯤 실성한 채로, 하나뿐인 자랑이자 자신이 살아갈 이유인 저 아이를 제발 좀 살려달라며 중환자실이 떠나가라 소리 치며 울고 계셨다.

...지옥이 있다면 아마 여기가 아닐까? 아니, 지옥보다 더 할 것이다. 나에게 있어선 트라우마이자, 그토록 회피해왔던 이 특유의 죽음이 가까운 분위기를 다시 한번 겪게 된 이 현실은 그야말로 지옥보다 더 지옥 같았고, 그냥, 그냥... 내게 이제 그만 이 세상을 떠나라며 세상이라는 이름의 악마가 그리 말하는 것 같았기에 하나코가 준 펜던트 목걸이를 있는 힘껏 꽈악 쥐며 혼자 되뇌일 뿐이었다.

하나코... 아직 너에게 주지 못한 선물이 있어. 그간 우리의 모든 추억과 흔적이, 무엇보다 일기에 붙여진 수많은 사진들 아래에 손수 하나하나 적어놓은 너를 향한 그 많은 시를 난 아직 네게 주지 못했는데... 나의 목숨을 바꿔서라도 기필코 그 일기를 깨어난 너에게 보여줄 테니까, 너는 그저 달이 참 예쁜 밤이라고... 다시 한번만 내게 말해줘.

...후지산, 함께 보러 가야지... 부디, 바라건대 부디 나의 이토록 간절한 희망을 받아주세요... 제발 부탁이니... 받아주세요.

나는 아주 강렬하고, 모든 것을 집어삼킬 만큼 거대한 흐름 하

나를 만들었다. 기필코 저 아이의 웃는 얼굴을 다시 보고야 말겠다
는, 볼 수 없다면 차라리 내 목숨을 앗아가라는. 그런 기도를 하느
님께 한없이 빌며 이번에는, 이번 한 번만큼은 제발 나의 기도를 들
어달라고, 어느샌가 엄마가 돌아가시던 때보다 훨씬 더 간절한 마
음을 붙잡고 있었다.

16. 꽃이 꺾인 자리에는

쭉 응급실에 있던 하나코가 중환자실에 입원한 지 삼 일이 지났다.

마사키 아저씨는 삼 일 연이어 술만 드시고 미야카 아주머니는 하루 종일 주무시기만 한다. 치후유는 기숙학원을 잠시 쉬기로 했으며, 나와 하루카는 지난 삼 일 내내 하나코의 병실에서 시간을 보냈다. 언제 일어날지 모르는 하나코가 이윽고 일어났을 때 만약 아무도 곁에 없다면 너무나 쓸쓸할 것 같아서, 또한 내 두 눈으로 하나코가 일어나는 것을 보고 싶어서 하루카와 함께 나는 사흘째, 하나코가 일어나기만을 기다리고 있다.

누워 있는 하나코의 손을 꼬옥 잡고선 하느님도, 부처님도 아닌 엄마에게 기도를 드렸다.

"...엄마, 가장 밝게 빛나는 별일수록 주변 모든 것들의 빛을 묻히게 한대요. 그래서 그 별을 질투하는 다른 별들이 가장 밝게 빛나는 그 빛을 빼앗으려 애를 쓴대요. 그래도 가장 밝게 빛나는 그 별은 그저 자신의 자리에서 밝게 빛나고 있었을 뿐인데, 그저 그랬을 뿐인데... 그게 다른 별들의 시기와 질투를 받을 만한 이유가 될 수는 없잖아요."

"유독 밝게 빛나는 그 웃음과 성품, 상냥함을 지닌 하나코라는 별이 이제는 그 빛을 잃어가려고 해요. ...그 아이에게 무슨 잘못이라도 있나요? 제가 모르는 그 애가 지은 죄라도 있는 걸까요? 어째서, 어째서 이 세상은 두 번씩이나 그저 자신의 자리에서 묵묵히... 나라는 보잘것없는 별을 향해 빛을 비춰주던 별들을 빼앗아가려고 하는지... 첫 번째는 엄마였어요."

"엄마는 나를 위해 몸의 건강과 남은 인생을 포기하시며 나라는 보잘것없는 작은 별에게 빛을 비춰주시다가 그 빛을 잃었잖아요. 두 번째는 하나코예요. 하나코는 모든 것을 잃은 나에게 엄마만큼 따뜻하고 뜨거운 빛을 비춰주며 그저 그 자리에 있었을 뿐인데. 세상은 내게서 얼마나 더 많은 빛을 빼앗아 가야 만족하는 걸까요? 만일... 정말로 만일, 하나코마저 엄마 곁으로 가게 된다면. 나는 더 이상 살아갈 수 없을 것 같아. 그냥... 별들이 저문 자리로 나 또한 따라갈래."

고이 모은 두 손에 땀이 날 만큼 길게 기도를 하고 보니 하루카는 엎드려 잠들어 있었다. 또 여전히 하나코의 낮은 맥박은 돌아오지 않고 있었는데, 나는 생각한다. 어째서 내가 조금이나마 행복해지려 하면 그 무언가가 나의 조그마한 행복을 앗아가려 하는지.

엄마에게 드린 기도도 의미가 없는 것을 안다. ...죽은 이는 말이 없기 때문이다. 죽은 이의 뜻을 이제 와서 알 수는 없다. 죽은 이에게 기도가 닿을 리가 없다. ...죽은 이의 의지 같은 건 남아 있을 리 없다. 아마 민박에 온 첫날, 그 언덕에 올라 처음으로 후지산을 봤을 때에 느꼈던 온기는 엄마가 아니라 나의 희망 사항, 즉 '엄마도 같이 보고 계시면 좋겠다'라는 나의 희망 사항이자 곧 망상이지 않았을까?

나는 죽음 너머의 것을 모른다. 오로지 죽은 이들만이 알 것이다. 그렇기에 원한다. 하나코가 내가 모르는 먼 곳으로 가지 않기를. 누워 있는 하나코는 정말 편안하리만치 곤히 잠든 얼굴이고, 그런 하나코를 바라보는 나는 당장 속이 타버릴 만치 걱정으로 일그러진 얼굴이다.

"이대로 일어나지 않으면...?"

"...하나코가 엄마 곁으로 가버리면, 나는?"

이러한 걱정이 오가며 점점 이 현실을 부정하고 싶어지는 그때, 하나코의 담당 의사가 들어와 말을 꺼냈다.

"환자분의 수술은 앞으로 이틀 뒤 자정으로 잡혔습니다. 그런데 그 전까지 환자분이 일어나지 않는다면 수술의 난이도가 상승할 것으로 보입니다. 또한 수술이 성공한다 해도 후유증과 잔병치레가 있을 것으로 예상되어 보호자에게 알리러 왔습니다."

이에 나는 그 후유증이 무엇이냐 물었는데, 의사는 섣불리 답하지 못했다. 나는 점점 더 절망스러워지는 이 상황이 너무도 버티기 힘들어 그저 답을 재촉할 뿐이었다.

"폐 기능이 저하되고 폐활량이 급격하게 감소하여 일반적인 운동, 즉 달리기나 가파른 언덕을 오르는 것 등이 불가능할 수 있습니다. 또 지금 환자분의 상태에 따르면 감염이 혈류로 퍼져 저산소증이 오거나, 뇌농양의 가능성까지 있습니다. 후에 우울감이 심하게 들거나 신경계도 건드릴 수 있다는 말입니다.”

아아, 나는... 나는 정말 믿고 싶지 않을 뿐이다. 우리의 약속이자 서로 목걸이를 걸며 빌었던 소원인 후지산을 같이 오르는 것을 이루지 못하게 되었다는 것. 그것을 나는 도무지 믿고 싶지 않을 뿐이다. 어쩜 세상이 이리도 잔혹한지, 어떻게 세상은 내게서 모든 것을 앗아가는지... 너무나도 절망스러워 주저앉아 의사의 바짓가랑이를 붙잡고 그저 한없이 빌 수밖에 없었다.

“...선생님, 저는 있잖아요? 한 번 소중한 사람을 병으로 인해 잃었어요. 소중한 무언가를 잃는다는 건, 이 이상 잃어버리는 건 제가 더 이상은 버티지 못할 것 같아요. 제발... 이렇게 빌겠습니다. 부족하다면 더 더욱 빌 수 있어요. ...제 목숨보다 소중한 이 사람을 부디 살려주세요...”

이윽고 의사는 나를 일으키더니, 이렇게 말했다.

“하늘이 낳고 땅이 그것을 기르니, 우리 인간은 그 안에서 최대한 노력을 할 뿐입니다. 저희는 이제껏 많은 이들의 삶과 죽음을 봐왔습니다. 우리가 아무리 노력하고 혼신의 힘을 다하고, 할 수 있는 것들을 모조리 다 한다고 한들... 한 생명의 생과 사의 결정적인 명운은 어쩔 도리가 없습니다. 가끔 병으로 운명하실 명운을 타고난 환자분들을 많이 봐왔거든요.”

"그러나 가장 확답할 수 있는 것은, 이제껏 저희는 단 한 번도 환자의 병을 먼저 포기한 적은 없다는 것입니다. 또한 의사인 우리는 환자마다의 상태가 악화되어 가는 것을 바라지 않기에... 장담을 드릴 수는 없지만, 반드시 정상적으로 수술을 마쳐 보이겠습니다. 진정 약속드리겠습니다. 그러니 일어나시지요."

그렇게 사명감이 넘쳐흐르는 의사가 나간 뒤로 한편으론 마음이 놓이면서, 긴장이 풀려 잠이 몰려오는 나를 알 수 있었다. 사실 나는 사흘간 하나코의 곁을 지키면서 단 한 번도 제대로 자본 적이 없다. 자지 않은 게 아니라 잘 수가 없었다. 내가 어떻게 잘 수 있겠는가. 하나코가 어서 일어나길 바라는 그 강렬한 마음이 나를 잘 수 없게 만들어 버렸다. 그러나 지금은 참을 수 없을 정도로 졸음이 몰려와 서서히 잠이 들어가는 나를 느낄 수 있었다. 하나코의 손을 잡은 채로 말이다.

이런, 또 그 꿈이다.

탁한 방 안에 무수히 많은 노란 빛의 꽃이 나오는 그 꿈. 이번에는 마지막에 꾸었을 때완 다르게 그 꽃의 수가 현저히 줄어든 것을 알 수 있었다. 어찌나 많은 꽃이 저문 건지, 방 바닥엔 수많은 시든 꽃들이 난무했다. 그중 피어 있는 꽃들도 빛이 바래 희미한 노란색의 빛을 가까스로 띠고 있는, 몇 안 되는 꽃송이들 뿐. 특유의 불쾌감이 확 몰려온다. 도대체가 이 꽃은 무엇이길래, 대체 어떤 의미가 있길래 하나코와 나의 꿈속에 계속해서 나오고, 또 형태가 매

번 달라지는지.

나는 너무 의아하고 이해가 되질 않아 몇 안 되는 아직 피어 있는 꽃들에게 다가가려다 "안 돼"라는 누군가의 한마디에 발걸음을 멈췄다. ...단순히 목소리가 들려서 멈춘 것이 아니다. 그 목소리의 음성이 커서는 더더욱 아니고, 그 목소리... 그것의 주인은 다름 아닌 돌아가신 엄마의 목소리였다.

"...엄마?"

뒤를 돌아보고 싶었지만 왜인지 몸이 움직여지지 않았다.

"엄마...? 정말 엄마 맞아?!"

그런 나의 뒤에서 흘러나오는 꽃의 빛과는 다른 정체불명의 빛이 내 앞에 있는 꽃들에게 닿은 그 순간, 꽃잎이 만개하고 그들 각각에게서 노란 빛이 강하게 뿜어져 나오는 것을 보게 되었다.

"엄마... 엄마가 맞아요? 나 있지... 너무 힘들어. 엄마는 아마 모르셨을 거예요. 그날 엄마가 떠나던 날, 내가 무슨 생각을 했는지를. ...차라리 내가 대신 죽고 싶었어. 내가 사랑하는 사람이 아프는 대신 내가 아프고, 내가 죽고 싶었다고. 그런데 이제는 내가 제일 사랑하는 하나코가 떠나려고 해. 엄마... 왜? 왜 나는..."

쓸쓸한 미소를 띤 채, 흐르는 눈물을 닦아주는 이는 없는 채 말을 이어나갔다.

"왜 나의 소중한 사람들은 전부 나를 떠나가는 걸까? 이제는... 더는 못 버티겠어요. 하나코마저 엄마 계신 곳으로 가버리면, 난...

그냥 그 애를 따라..."

말이 채 끝나기도 전에 눈물이 멈췄다. 누군가가 내 뒤에서 나를 안아주며 흐르는 눈물을 닦아주는 것이었다.

"...엄마는 가온이를 절대 불행하게 두지 않아. 엄마는 가온이가 행복할 수 있다면 무슨 짓이라도 다 할 수 있어."

그 말을 끝으로, 어느새 내 앞의 시야에는 사람 형상을 띤 빛이 서 있었고, 방 안엔 그 노란 꽃이 가득 메워 그야말로 꽃이 만개하는 모습이 보였다. 이제 이 방 안엔 저물거나 시든 꽃은 찾아볼 수 없고, 예쁘게 핀 노란 꽃만이 난무할 뿐이었다.

"사랑하는 아들. 엄마가 해주지 못한 것, 주지 못한 것들을 대신 전해주는 아이가 있어. 엄마는 우리 가온이 위해서라도 그 아이가 절대로 내 곁으로 오지 않게 할 거야. 아가, 엄마가 있는 곳은 정말로 꿈만 같은 곳이란다? 하늘에선 무지개가 펼쳐지고, 땅에는 아프고 괴로운 것은 하나도 없으며, 천사들이 훨훨 날아다니지. 엄마는 그곳에서 볼 수 있었어. 너의 고운 미소를 피울 수 있게 해주는 그 아이를. 또 그 아이를 행복하게 해주는 너를."

"...엄마가 있는 곳엔 아주 높은 분이 계셔. 그분은 절대로 자신의 자식을 아프게도, 슬프게도, 괴롭게도 하지 않으시고 그저 시련을 통해 더욱 값진 것을 주시려 하는 분이란다. 가온이가 엄마를 믿는 만큼, 그분을 믿어보련? 엄마에게 주어진 사명은 사랑하는 네가 환하게 웃을 수 있도록 해주는 일이야."

10분. 시계를 보니 정확히 10분이 지나 있었다. 내가 잠들고 깨어나는 데에 걸린 시간. 반나절은 족히 있었던 것 같은 꿈속의 그 공간에서 엄마와의 대화로 깨달은 것이 하나 있다.

'죽은 이는 결코 사라지지 않는다.'

죽은 이의 몸은 없어져 버리지만 그 혼은 여전히 살아 숨 쉬어 남겨진 이들을 보며 때로는 도와주기도, 때로는 나무라기도 하며 혼이 그 자체로 존재하는 것이다. 죽은 이는 죽음이 아니라 혼으로서 자유롭다는 것. 그렇게 나는 그날 밤 이미 돌아가신 엄마를 만났고, 엄마가 전하려는 뜻을 정확히 이해해 하나코에 대한 걱정이 조금은 사그러들었다. 그런 밤이었다. 인생에 몇 없는 그런 기적의 밤.

다음 날 아침 나는 민박으로 와 술에 취해 잠든 아저씨를 위해 미소 된장국과 유부초밥을 만들고, 종일 잠들어 계신 아주머니를 위해 빨래와 집안의 청소를 했으며, 아직은 잠들어 있는 동생들을 위해 아침 식사를 만들었다. 내가 분주히 움직이는 소리가 들리자 모두가 일어나 나를 가만히 바라볼 뿐이었다.

"가온아, 정말 면목 없구나."

깊은 한숨을 내쉬며 말씀하시는 아저씨에게 나는 그저 괜찮다고만 말씀드리고 모두를 식탁에 앉혔다.

"하나코의 수술은 앞으로 하루 뒤 자정이에요. 우린... 깨어나 집으로 올 하나코에게 언제나와 같은, 평소의 모습 그대로를 선물해

주어야 한다 생각해요. 말씀드려도 믿지 못하실 일이지만, 하나코의 수술은 전부 잘 끝날 것이고, 전과는 다르지만 그럼에도 그녀는 살아갈 것입니다. 그 옆에는 그런 그녀를 지탱하는 제가 있고, 동시에 당신들이 있어요. 아주머니는 언제나처럼 그녀를 안아주시고 아저씨께서는 언제나처럼 그녀에게 장난을 쳐주세요. 하루카는 언제나처럼 그녀에게 응석을 부리고, 치후유도 언제나처럼 그녀와 같이 노는 건 어때요? 제 말의 의미가 와닿나요?”

깊게 이어지는 침묵을 깨고, 그들의 죽은 눈을 반짝이게 만든 것은 바로 나, 성가온이었다.

“...세상이 정한 흐름에 굴복하며 따라가지 말아요, 우리. 흐름은 어디에나 있지만 그것을 곧이곧대로 따라가다간 흐름에 잡아먹혀 그야말로 흐름을 위해 살아가게 됩니다. 하나코의 건강이 나빠진 이 현재의 흐름에 굴복해 아무것도 하지 않고 주저앉아 있다면 우린 저절로 그 흐름을 따라가 결국엔 흐름을 바꾸지 못해요.”

“하나코의 건강이 나빠진 이 흐름 위에 언제나처럼 그저 제자리에 묵묵히 있는 우리라는 새 흐름을 만들어 이어나가고, 하나코가 수술을 마친 뒤라는 미래의 흐름 위에는 언제나처럼 네가 의지할 수 있는 우리가 여기 있다라는 우리의 흐름을 덮어씌워 그렇게 세상이 정한 원래의 흐름인 ’하나코가 위독해진 흐름‘에 우리가 만들어갈 흐름들을 얹어 하나하나 현실을 바꿔나가가자는 거죠. 곧 일어날 하나코를 위해서, 눈을 뜬 그녀에게 그런 우리의 흐름을 선물함과 동시에 기존의 흐름을 바꾸는 것이 우리가 해야 할 일이라고 생각해요."

"가온아, 너의 그 말이 참으로 맞다. 나는 나의 장녀이자 보물인 그 아이의 위독함에 모든 것을 잃은 기분을 느꼈고, 네가 말한 그 흐름을 나도 모르게 따라가고 있던 것이었구나. 딸이 돌아왔을 때 언제나처럼 지탱해 줄 수 있는 우리라는 흐름을 만든다면, 또한 그 흐름을 유지해 나간다면, 정말로 기존의 흐름을 바꿀 수 있다는 말이지. 안 그러니 가온아?"

곧이어 아주머니와 아저씨는 널브러진 술병을 치우기 시작했고, 하루카와 치후유는 하나코의 방에 쌓인 먼지를 청소하며 집안일을 도왔다. 그렇게, 그렇게 처음으로 나 혼자가 아닌 모두와 같이 만드는 흐름의 시작을 알리는, 그야말로 흐르는 강물처럼 새로운 가능성이 흘러가기 시작한 아침이었다.

오늘 밤, 하나코의 수술이 시작된다. 반나절을 조금 더 넘긴다는 대수술의 결과는 어쩌면 기존의 어두운 흐름을 거스르는 우리의 마음가짐이 곧 현실이 되어 바뀔 수 있는 것이 아닐까 한다.

17. 두 사람은 나의 희망을 받아주세요

하나코의 수술이 오늘 밤 자정이다. 나와 야마노 일가는 민박 문을 일찍부터 걸어 닫고 병원으로 출발했다. 가는 내내 약속이라도 한 듯 어느 누구도 입을 열지 않았다. 아니, 차마 입을 열 수가 없는 것이었다. 입을 떼면 자신도 모르게 부정적인 말이 나올 것 같아서.

하지만 우리는 이미 알고 있으니 괜찮다. 수술을 마치고 눈을 뜰 하나코에게 언제나처럼 미소 지을 우리의 흐름을 알고 있으니 괜찮은 거다. 숨길 수 없는 불안도, 거두지 못하는 눈물도 전부 다 괜찮다. 결국 하나코만 일어나면 모두 없던 일이 될 테니까. 한없이 착하고 강한 그 아이가 일어나기만 한다면 모두 없던 일이 될 테니까 괜찮은 거다.

창밖을 바라보며 예전, 후지산이 나오는 그 책에서 읽었던 문장을 떠올리며 나 자신을 위로한다.

"정말 힘들고 곤란한 상황을 마주했을 땐, 무작정 그 상황에 다가가지 말고 두 걸음 뒤로 갔다가 다시 가봐. 그럼 그때는 처음 그 상황을 마주했을 때완 다르게 넌 혼자가 아닐 테니까. 항상 한두 걸음 뒤에 서 있는 네 사람들이 너를 인지하고, 도와줄 테니까."

지금은 엄마 때와 다르다. 그때는 오로지 나 혼자였으며, 돈이

나 여건이 되지 않는 상황이었다. 그러나 지금은 두 걸음 뒤, 아니 나의 양옆에 야마노 일가가 함께 서 있고, 함께 이 난관을 풀어나갈 것이다. 이들은 그때의 나와는 다르게 충분히 여건이 되며, 다름 아 닌 그녀의 가족이기에 필사적으로 최선을 다할 것을 안다.

강조하지만 우리의 인생은 흐름이다. 어디에나 흐름이 있고, 원래부터 있었던 것이다. 그것이 다양한 형태로 변모하여 우리 일상에 녹아들어 우리에게 주어지는 것일 뿐, 강조하건대 인생에서는 운명이 존재한다. 그것이 인연의 형태로든, 기회의 형태로든 운명은 존재한다. 자신과 운명의 끈이 맞닿아 있는 사람은 약속하지 않아도, 미리 말하지 않아도 우연히 같은 시간 같은 장소에서 몇 번이고 마주치게 된다. 인연이 시작되기 전에도 그러하고, 인연이 시작되고 나서도 그러하다. 그것은 꿈을 통해서 혹은 현실을 통해서 이루어진다.

기회의 형태의 운명은 말 그대로 내 안에 들어오는 흐름 그 자체다. 흐름을 볼 줄 아는 사람은 기회를 잡을 눈이 있는 사람이고, 기회를 잡을 눈이 있는 사람은 곧 깨어 있는 사람이다. 나는 기회가 있다면 반드시 잡을 것이고 흐름을 거슬러 또 다른 흐름을 몇 번이고 만들어낼 것이다.

'하나코가 수술을 잘 마친다'라는 흐름은 수술을 하는 의료진이, 그녀를 필사적으로 간호하는 우리가, 누구보다 그 아이 자신이 만들어나가는 것이다. 한 사람이 만들어내는 희망이 아니라, 여러 사람이 힘을 합쳐야 비로소 만들어지는 희망인 것이다. 그 일원 중 하나인 우리는 우리의 역할에 최선을 다할 것이고, 의료진들도 주어진 역할에 최선을 다할 것이다. 하나코 또한 분명히 자신과 싸우고 있을 것을 안다. 감히 장담할 수 있다. 그 아이는 한없이 상냥한 만큼 한없이 강하니까.

모두가 만들어가는 흐름 끝에 무엇이 있을지는 때가 되지 않으면 모른다. 그러나 원하는 결과에 가까워질 수 있도록 맡은 바 최선을 다할 뿐이다.

이윽고 병원에 도착한 우리, "덜컹... 덜컹..." 하는 소리가 들려온다. ...사실 나는 아직도 적응이 되지 않는다. 병상에 누워 있는 하나코가 말이다. 의료진들이 이끄는 병상에 누워 아주 편안한 모습으로 눈을 감고 있는 하나코. 수술실로 들어가기 전까지 나와 야마노 일가는 눈물을 참고서 모두가 하나코의 손을 꼬옥 잡으며 말했다.

"언제나처럼 우린 네 곁에 있어. 너는 그저 너 자신에게 지지 말고, ...이겨낼 수 있어. 사랑한단다."

허나 수술을 알리는 수술실의 스위치가 켜지자 이제야 실감이 난다. 제아무리 좋은 말로 포장하고 위로해도 결국, 이 수술이 티끌만치라도 잘못된다면 하나코는... 하나코는 가망이 없을 것이라는 것을. 인간이라면 당연한 마음이다. 소중한 이의 생사가 오가는 일을 직면한다면 불안하여 어쩔 줄 모르고 눈물은 멈추지 않을 것이다. 두 손을 모으고, 잠들다시피 기도했다. 내가 지키지 못했던 엄마에게, 내가 하나코를 지킬 수 있도록.

"엄마, 듣고 계시나요? 지금 하나코의 수술이 막 시작되었어요. 저는, 우리는 그저 걱정만이 가득할 뿐입니다. 의사 선생님이 말씀하신 대로 생과 사를 인간이 직접 어떻게 하진 못해요. 한없이 노력만을 할 뿐이지. 그래도, 그럼에도 저는 믿습니다. 지난밤 당신이 꿈속에 나온 이유를, 당신이 꿈속에서 해주신 말들을 나는 전부 믿을게요."

"저는 사실 많은 걸 바라지 않았고, 지금도 마찬가지인 걸 아시나요? 그저 사랑하는 사람들과 함께 소박하게, 조용히 자그마한 행복을 느끼며 살아가고 싶은 거예요. ...엄마는 말씀하셨죠. 내 미소를 피울 수 있게 해준 그 아이를 절대로 당신 곁에 두지 않겠다고. 제가 당신을 믿는 만큼 당신이 계신 그곳의 그분 또한 믿어보라고 말예요. 믿을게요. 얼마든지 믿고 또 믿겠습니다. 내가 살아가는 이유이자 살아있음을 느끼게 해주는 사람, 삶의 소중함을 깨닫게 해준 하나코를 부디... 부디 살려주세요."

그렇게 몇 번이고 같은 말만 반복할 뿐이었다. 시간이 얼마나 지난지도 모를 그때, 정신을 차려보니 하나코의 수술실로 처음 보는 의료진들이 급하게 들어가는 모습을 본 나는 그 순간 엄마도, 신도, 이 세상 그 무엇도 더는 믿을 수 없게 되었다.

"...여기!"

"몇 명 더 불러와..!"

"심박수 체크해."

...아니겠지. 설마, 아닐 것이다. 아닐 거라고, 아닌 게 분명하다고. 확실히 아닐 거라니까. 지금 머릿속엔 아니라고 말하는 나와 어떤 사실을 받아들일 준비가 되어 있지 않은 내가 공존해 있었다. 이젠 놀랍지도 않다. 소중한 이가 죽지 않도록 손이 발이 되도록 빌었던 내가 투영된 저기 저 의료진의 멱을 잡고 있는 야마노 일가의 모습과, '인간은 할 수 있는 게 아무것도 없을 때 제일 절망한다'는 사실을 다시 한번 깨닫게 된 나의 모습이 이제는 전혀 놀랍지도 않고 문자 그대로 그 어떠한 것도 느껴지지 않게 되었다.

죽음의 두려움도, 걱정의 노심초사도, 슬픔으로 가슴이 찢어지는 듯한 느낌조차도. 그저 전부 느껴지지 않게 되었고 몸의 감각 또한 없었다. 그냥, 눈에 보이는 것은 단지 열린 문 사이로 보이는 몸이 없어질세라 바쁘게 움직이는 의료진들과 여러 수술 기구들, 아예 실신할 지경인 하나코의 부모님뿐. 누가 봐도 하나코의 수술이 잘 되어가지 않는 상황인 것이다.

아아. 아아. 더 이상 살면 안 되겠구나. 내겐 이제 더 이상 살아갈 이유가 없어진 거구나. 아아... 아아. 이럴 땐, 이럴 땐 어떻게 해야...

몸과 마음에 날카로운 칼이 관통한 듯한 차가운 느낌과 더 이상은 눈물도 나오지 않는 두 눈, 이제는 살아있을 이유 자체가 없어진 자신이 너무나도... 그래, 너무나도 비참하고 또 비참해서 나는 이내 그대로 복도를 뛰쳐나가 높게 걸린 저 아름다운 달이 제일 잘 보이는 옥상으로 점점 가까이, 가까이 달려가고 있었다.

나는 지금 숨도 차지 않고 땀도 나지 않으며 아무런 생각이 들지 않는다. 그저 삶에 대한 비참함이 들끓고 엄마에 대한 배신감을 억지로 죽이며 신을 욕하고 세상을 저주하며 달리고 또 달리다가 비로소 옥상 문을 열고 나서야 몸 안으로 화악 느껴졌다. 한없이 깊은 새벽의 공기가. …필히 세상에서 제일 사랑하는 두 사람이 있는 곳으로 가야 한다는 직감이 느껴지는 공기다.

오늘 뜬 달은 무척이나 아름답다. 무척이나 아름답고, 무척이나 거대해서 서서히 빨려 들어갈 것만 같았다.

"…있잖아, 하나코. 오늘은 달이 무척이나 아름다워. 그런 달 따위와는 비교할 수 없이 아름다운 산속 꽃의 아이는 이제 더는 피어나지 않는 것 같아. 이미 져버린 꽃은 두 번 다시 피어나지 않을 것 같아. 그렇다면 차라리… 네가 존재하는 곳으로 갈래. 이제 더는 네가 없는 세상에서 살아갈 수 없으니. 난 좋아. …영원토록 당신과 함께할 수 있어서 좋아. 나 또한 네 곁으로 가면, 영원토록 달보다 더 높은 곳에서 당신을 다시 한번 마주할 수 있는 거겠지? …세상마저 적으로 돌려도 좋을 두 사람이 있는 그곳에, 내가 지금 갈테니까. 두 사람은 이런 나의 희망을 받아주세요."

시야에 들어온 달은 시리도록 차가웠으며 놀랍도록 아름다웠다. 처음으로 그녀와 보았던 그때의 달처럼 말이다. 눈물 따윈 이미 메말랐는지 전혀 나오지 않고, 두려움 따윈 사라졌는지 무엇이든 할 수 있을 것만 같다.

"...응, 이제 한 걸음만 내딜으면 만날 수 있어. ...하나코."

아아, 귀가 찢어질 것만 같았다. 몸이 천근만근 무거워 움직일 수 없게 되었다. 미친 듯이 웅웅거리는 소리에 정신이 어지러웠다. 아아... 곧이어 보이는 것은, 아름다운 저 달을 가린 무언가. 그 무언가가 내 앞에 있었다. ...난 뛰어내리지 않은 건가? 응, 그런가 보다. 확실히 그런 것 같다.

엄마가. 돌아가신 엄마가 난간에 가까스로 서 있는 나를 막고 있는 것을 너무나 선명하게 보았다. 그래, 분명히 본 것이다, 그런 엄마의 표정을 말이다. 이루 말할 수 없이 슬퍼 보이면서도 차마 표현할 방법이 없는 환한 미소. 위로하는 듯한, 꾸짖는 듯한 그 얼굴에 나는 할 말을 잃고 넋이 나가 있다가 다시 한번 귀가 찢어지는 소리에 눈을 질끈 감았다.

...몸이 천근만근 무거워져 한 발자국도 움직일 수 없는 지금, 나지막이 들려오는 엄마의 그 천사 같은 음성에 이윽고 자살 시도라는 최면에서 나는 깨어났다.

"...그 아이는 네가 가려는 곳에 없단다. 엄마는 아들을 속이지 않아. 어서 네가 있을 곳으로 가렴. 그 아이가 널 애타게 찾더구나."

순간, 완전히 제정신으로 돌아온 나는 이제야 주변이 보이고 느껴지기 시작했다. 정신을 차려보니 병원 전체에 비상 사이렌이 울리고 있었고, 아래를 내려다보니 응급요원들이 대기하고 있었으며 내 양옆으로는 의료진들과 야마노 일가, 아니 내 가족들이 나를 끌어내리려 하고 있었다. 풀려 있던 눈과 시야가 완전히 되돌아오고 그제야 모든 소리가 또렷하게 들렸으며 눈물범벅이 된 나의 가족들의 모습이 보였다.

"...바보야! 이제 그 애는 중요한 위기를 넘겼어... 하나코는 이제 괜찮아. 하나코를 두고 어딜 가려고 이놈아... 정말... 아무리 그래도 그렇지, 무슨 생각을 하고 있던 거니...?"

그런 것 같다. 하나코의 수술은 잘 마쳐진 모양이다. 수술 도중 뜻하지 않은 위기가 있었다고 하는데, 나는 아마 그 위기를 하나코가 결국 잘못되었다고 판단해 모든 것을 포기하려 했던 것이다. ...이쯤 되니 긴장이 풀리고 전신에 힘이 들어가지 않아 그만, 그대로 잠들어 버릴 것 같았다. 수술을 마친 하나코를 봐야 하는데... 따뜻하게 안아주어야 하는데... 이유는 모르겠지만, 깊고 깊은 꿈속으로 빨려 들어가는 듯한 느낌과 동시에 이내 나의 두 시야가 닫혔다.

18. 시련을 앞둔 너에게

꿈을 꾸고 있었다. 예전 내가 살았던 동네가 나오는 꿈. 그 꿈속엔 내가 제일 좋아하던 놀이터가 있었고 놀이터 근처에는 항상 사 먹곤 했던 하늘색 솜사탕을 파는 가게가 있었으며, 그곳을 매일같이 산책시켜 주던 엄마가 있었다. 꿈이란 것을 인지했을 때는 다름 아닌 엄마가 나를 번쩍 하고 안아 올려 눈을 맞춰주며 미소를 띄우셨을 때. 나는 그 따뜻하고도 포근한 엄마의 미소를 보고 나서야 꿈이라는 것을 인지했다. ...엄마는 돌아가셨으니까. 게다가 나는 초등학생이 되기도 전 나의 모습으로 꿈을 꾸고 있었으니까 말이다.

꿈이란 걸 알면서도 깨고 싶지 않아 엄마에게 푹 안겨 엄마 특유의 냄새를 맡을 뿐이었다. 내가 어렸을 때부터 항상 맡아오던 냄새다. 어딘가 한없이 깊고 따뜻한 향기, 세상 어떤 향수보다 진하고 좋은 향기에 취해 꿈에서조차 잠이 들 것 같은 기분이 들었다.

그러다 문득, 엄마는 나를 처음 보는 꽃밭으로 이끌었는데, 그 꽃밭은 내가 놀이터를 누비면서 단 한 번도 보지 못한 꽃밭이었고 그와 동시에 그 꽃밭의 꽃들은 내가 항상 봐오던 꿈속의 그 꽃임을 알 수 있었다. 잠깐, 내가 항상 봐오던...? 나는 이것이 꿈이란 것을 알지만 무언가 중요한 것을 잊어버린, 잃어버린 듯한 느낌이 들기 시작해 곰곰이 생각을 하다가 뒤에서 나의 머리를 쓰다듬는 엄마에게 이윽고 물어봤다.

"엄마, 저 꽃을 어디선가 본 것 같은데 잘 기억이 안 나. ...저 꽃은 뭐야?"

이내 엄마는 나를 번쩍 안아 꽃밭으로 걸어가시며 그와 동시에 말씀하셨다.

"우리 가온이를 웃게 해주는 존재, 우리 가온이를 살게 해주는 존재가 바로 저 꽃이야."

그 말을 들은 순간, 내가 서 있는 장소가 놀이터의 꽃밭이 아닌 굉장히 광활하고 웅장한 어느 설산으로 바뀌어 있었다. 하늘은 황금색의 빛을 띠고 있었으며 땅은 온통 눈으로 뒤덮여 있었고, 엄마는 여전히 나를 안고 있는 채 눈보라 속으로 걸어 들어가고 계셨다. 뒤엉킨 기억이 눈보라 되어 소용돌이치듯, 아픈 생각이 순식간에 몰려와 혼란스러워지듯이 머리가 깨질 듯이 아파와 엄마를 더욱 꽈악 안을 뿐이었다.

"있지 아가, 엄마는 말야. 절대로 아기를 울게 하지 않아. 내 자식이 원하는 건 무엇이든 들어주고 싶고, 내 자식이 아파하는 건 내가 대신 아파해 주고 싶어. 사실 엄마는 엄마의 숨이 멎을 때까지 우리 가온이의 행복과 웃음만을 바랐었어. 그래서였을까? 엄마와 있을 때는 보이지 않았던 너의 그 미소를 볼 수 있게 해준 그 아이를, 그 아이가 가온이를 행복하게 해주는 모습을 가온이의 한 걸음 뒤에서 보며 더욱 갈망하게 된 바람은..."

"...아들, 엄마는 생전 너에게 부모로서 이렇다 할 만한 좋은 것을 해주지 못하고 네 곁을 떠났어. 그래서 있지? 조금 늦었더라도 엄마의 계속되어 온 바람을, 살아생전 이뤄주지 못했던 엄마의 그 바람을 이제서야 이룰 수 있도록 허락해 주신 분이 계셔."

엄마의 말이 무엇을 뜻하는지 모르는 채로, 엄마의 바람이 무엇인지는 알아차린 채로 나는 계속해서 이어지는 엄마의 희미한 음성에 귀를 기울였다.

"줄곧 봐 왔단다? 네가 그토록 보고 싶어 하던 후지산을, 내가 그토록 보고 싶어 하던 너의 미소를, 우리가 그토록 바라왔던 행복한 가정의 모습을 말야. 그리고 그렇게나 소망하던 우리 가온이를 품어줄 이들을 엄마는 줄곧 한 걸음 뒤에서 지켜봐 왔던 거야. 사랑하는 아가, 이제야 찾은 우리 아들의 행복을 엄마는 절대로 잃어버리게 내버려 두지 않아. 엄마 말의 뜻이 와닿니? 이 설산이 어딘지는 알아챘니? 지금 눈앞의 저 꽃들이 무엇을 의미하는지 알고 있니?"

아아, 맞아. 이제서야 기억이 되돌아왔다. 나는 하나코의 수술이 잘못되었다 판단하여 더 이상 이 현실을 살 필요가 없다 생각했기에 자살을 결심하게 되어 옥상으로 갔던 것을 말이다. 또한 이제서야 알 것 같았다. 누가 하나코를 살렸는지, 누가 나의 미소를 잃지 않게 도와주었는지, 누가 줄곧 우리의 모습을 지켜봐 온 것인지를 이제서야 알게 된 나는 눈보다 차갑고 하늘보다 맑은, 그런 환희의 눈물이 쏟아져 나와 내 앞에 서 있는 빛을 향해 몸을 내던져 꼬옥 하고 있는 힘껏 안겼다.

"엄마... 엄마..."

꽃이 가득한 방에서 꽃이 시들지 않게 빛을 뿜어내 준 것도, 빛의 형태로서 하나코의 병실에 들어갔던 것도. 그리고... 내가 그 옥상에서 뛰어내리지 않도록 나를 막아준 것도 전부 저 천사 같은 빛의 형태를 띤 돌아가신 우리 엄마, 내가 세상에서 제일 사랑하는 우리 엄마였다.

이제 눈앞의 저 노란 꽃들은 눈보라에도 날아가지 않고, 전혀 시들지 않으며 서로가 밝게 빛나고 있었다. 그러다 문득, 엄마가 아닌 누군가의 한마디를 끝으로 나는 뭔가 빨려 들어가는 듯한 느낌을 받으며 잠에서 깨어났다.

"내가 네 기도를 들었으며, 내가 네 눈물을 보았노라."

"어?! 여기..."

"일어나셨어... 맥박... 체크..."

"보호자?! 보호자 분!"

사람들의 바쁜 소리와 함께 점점 나의 두 시야가 열렸다. 차가운 내 손을 잡고 있는 마사키 아저씨와 이마를 짚으시는 미야카 아주머니. 나를 보며 다행이라고 연신 말하는 동생들. 이 모든 것이 꿈이거나 망상이 아니었나 보다. ....그런 와중에도 나는 하나코의 상태와 그녀의 생사가 너무나도 알고 싶었기에 벌떡 일어나 하나코가 있는 병동으로 가려 했다.

　”오빠, 안심해도 돼. 누나는 수술이 잘 끝났고 지금은 잠들어 있어.“

　하루카와 치후유가 나를 진정시켰고 아주머니와 아저씨는 나를 일으켜 세워 꾸짖으셨다.

　“아무리... 아무리 그래도 그렇지. 어떻게 그런 선택을 하려고 했니... 하나코가 잘못될 뻔했지만, 우리는 그 순간마저도 언제나처럼 곁에 있어줘야 한다고. 다름 아닌 네가 맹세했잖아.”

　맞다. 참으로 맞다. 나는 어리석어도 너무나 어리석은, 충동적인 선택을 하려 했고 저들이 나를 어리석은 선택에서 구해준 것이다. ...엄마와 함께 말이다.

　하나코는 수술 도중, 계속해서 내려가는 심박수 때문에 수술이 중단될 뻔했고 그로 인해 의료 인력이 더 필요했었던 것이라 한다. 그러나 기적적으로, ‘원인 모를 이유’로 인해 심박수가 정상으로 돌아왔고, 그렇게 수술은 변수 없이 제시간에 진행되어 자정이 조금 넘어서 시작된 수술이 오전 6시가 훌쩍 넘어가는 지금에서야 결국 종결된 것이다. ‘성공적인 수술’로서 말이다.

　얼마나 울었는지, 얼마나 감사드렸는지 모르겠다. 엄마에게, 하느님에게, 아니 그저 세상 모든 것들에게 너무나도 감사하고 또 감사해서 신을 욕하고 세상을 저주하던 아까와는 정반대로 나와 우리 가족은 서로를 끌어안고 하염없이 기쁨의 눈물을 흘렸다.

시련이란 말하자면 '성공 직전의 단계'다. 그러나 시련이 있다고 해서 무조건 성공을 한다는 것이 아니다. 주어진 시련을 어떻게 이겨내느냐와, 주어진 시련 속에서 어떤 경험을 얻어가느냐가 중요한 것이다. 어떤 이들은 시련을 겪으면 그 시련 속에서 어떻게 나아갈지, 또 이 상황 속에서 내가 가져갈 지식과 경험이 무엇인지를 생각한다. 그런 이들은 자연스레 시련이 지나가고 나면 그렇게 얻은 것들로 인해 한 걸음 더 성장하고, 한 가지 더 깨닫게 된다.

시련이란 영원한 것이 아니다. 시련 속에서 사람이 느끼는 절망감이 영원할 것처럼 보이는 것뿐이지, 절대로 시련이 영원한 것은 아니다. 감당 못 할 시련이란 없는 것이다. 가령 내게 앞이 전혀 보이지 않고 도무지 헤쳐나갈 방법이 없는 시련이 닥친다고 치자. 그 순간만큼은 당장에 너무나 혼란스러울 것이다.

"어떻게 하면 피할 수 있을까?"

"어떤 방법으로 이 상황을 헤쳐나갈 수 있을까?"

머릿속은 이러한 생각으로 가득 차고, 그러한 생각들로 인해 속은 더욱더 타들어 갈 뿐이다. 잠시. 정말 잠시라도 괜찮다. 그 모든 우려와 생각을 하기 전에 만약 배가 고프다면 식사를 먼저 하고 나서 다시 생각해도 늦지 않다. 만약 당장 만날 수 있는 친구가 있더라면, 그 친구와 만나 잠시라도 이야기를 나눠보고 생각해도 늦지 않는 것이다.

잠깐, 진심으로 아주 잠깐이나마 멈춰보는 것이 어떠한가? 그 절망과 두려움을 곧바로 직면하기보다 지쳐있거나 졸리다면 한숨 푹 자고 나서 다시 생각해도 늦지 않는다는 이야기다. 중요한 것은 '잠깐 정지' 하는 것.

우리는 절망을 직면했을 때 주마등을 본다. 이는 꼭 죽음 앞에 서 있는 경우를 말하는 것이 아니다. 어떤 절망과 두려움이 우리 앞에 닥치면 우리의 뇌는 열심히 일을 하기 시작한다. "전에도 이런 경험이 있었나?", "이런 일이 닥치면 어떻게 해결했더라?", "이런 상황에서는 어떻게 하라고 했지?" 등등, 이와 같이 우리의 뇌는 열심히 과거를 뒤져내어 말 그대로 과거의 상황들, 즉 주마등을 본다. 이는 생존과 상황 타개를 위한 자연스러운 현상이며 아주 탁월한 방법이지만, 우리의 뇌는 우리를 너무나 아끼는 나머지 우리가 감당 못 할 만큼의 수많은 생각들까지 파생해 만들어 내어 그 상황 속 우리를 더욱 혼란스럽게 만들게 되는데, 그것을 통틀어 '잡념'이라 부르고 그 상황을 말하자면 '혼란'이라 부른다.

이럴 때는 잠깐 정지했다가 다시 생각해 보는 것이 좋다. 두려움, 공포, 슬픔, 혼란이라는 이름의 시련이 닥쳤을 때 우리의 뇌는 우리를 살리려 그 상황 속 최선의 답안을 생각해 내려 노력하는데, 이는 즉슨 말 그대로 '그 상황 속에서만 최선의 답안'을 내는 것이다. 돌이켜보면 "그때 더 나은 방법은 없었을까?", "그때는 왜 그렇게 했지?"와 같은 후회를 낳는다고도 할 수 있다. 그러니 말하자면 시련 속에서 우리의 뇌는 비교적 정상적인 방안을 낼 수 없다.

정말 중요한 것은 '잠깐 정지'. 가령 가볍게라도 식사를 하고 나서 다시 되짚어 본다든지, 정신적 데미지가 크기에 잠깐이나마 쪽잠을 자고 나서 다시 생각해 본다든지, 잠시나마 여유를 내어 멍 때리다가 음악을 듣다가 다시 되뇌어 본다든지 하는 이런 '잠깐 정지'가 의외로 굉장히 중요한 것을 알 수 있다. 갑자기 들이닥친 시련 속에서는 말이다.

19. 천사를 만난 걸까

　너무나 춥고 외로운 나날의 연속이었다. 나는 거의 일 년 가까이 되는 시간을 매일같이 함박눈이 내리는 설산에 갇혀 있었다. 이것이 꿈인지, 현실인지도 분간이 안 될 정도로 시간은 빠르게 흘러가기도, 동시에 느리게 흘러가기도 했다.

　그곳은 백야의 설산이었다. 밤은 찾아오지 않고 오로지 낮이 계속되는 백야 속에서 나는 이따금 가온이의 목소리를 들을 수 있었다.

　"언제나처럼 너의 곁에 있어. 우리는 결코 떠나지 않아."

　"다시 한번 너를 끌어안고서, 맘껏 웃을 수만 있다면…"

　그의 눈물 젖은 음성이 설산에 울려 퍼질 때면 나는 은은하게 머리가 아파오곤 했다. 들리는 저 목소리는 분명 가온이의 목소리인데, 어째서 나는 어딘지 모를 이곳에 있는 걸까 하고. 아무것도 생각나는 게 없었으며 아무것도 느껴지지 않던 나날의 연속이었다.

　설산의 땅에는 어딘가 익숙해 보이는 노란색 꽃들이 곳곳에 피어 있었는데, 저마다 개성이 참 독특했다. 어떤 꽃은 꽃잎이 너무 많기도, 어떤 꽃은 반대로 꽃잎이 너무 적기도 하고, 또 어떤 꽃은 빛이 뿜어져 나오는 것이 정말 말 그대로 저마다 개성이 넘쳐났다.

이따금 가온이의 음성이 울려 퍼질 때마다 나는 저 아이가 왜 이토록 슬퍼하는지 몰랐으며, 그저 이 설산에서 빨리 나가고 싶을 뿐이었다.

그렇게 나는 하루, 이틀, 일주일, 한 달을 노란색의 그 꽃들을 보며 보내왔다. 정말이지 너무나 지루하고 따분함에 지쳐 있던 가운데, 문득 어느 날은 꽃을 보고 있는 내 앞에 가온이가 서 있는 것이 보였다.

"가온아!?"

너무나 믿기지 않았던 나는 저 앞의 가온이를 향해 달려나갔지만, 내 몸은 가온이를 통과해 앞으로 넘어질 뿐이었다. 가온이는 슬픈 표정으로 곳곳에 핀 꽃들 중 시들어 버린 꽃을 보며 눈물을 흘리다가, 이내 그 꽃을 어루만지며 고개를 떨구는 것이었다. 그때 난 정말로 기분이 이상했는데 뭐랄까, 왠지 모르게 가슴이 두근거리고 한편으론 마음이 아파왔다.

그렇게 가온이가 여러 번 나타나 시들어진 꽃을 어루만지는 날들이 늘어가던 참에, 혼잣말을 하는 가온이를 볼 수 있었다. 그것은 아마 기도였을 수도 있는 어떠한 되뇌임이었다. 내가 봤을 때는 아마 기도를 하는 것 같았다.

"부디 하나코가 깨어날 수 있도록 도와주세요.. ...제가 살아가는 이유예요, 제가 숨을 쉬는 이유고요. 정말이지 저는 이 아이 없이는 도무지 살아갈 수가 없을 것 같아요."

174

그러자 불현듯 뇌리에 스치는 몇 개의 배경들. 그제야 나는 깨달을 수 있었다. 지금 이건 현실이 아니다. 현실이 아닐뿐더러 진짜 현실 속의 나는 몸이 매우 아픈 상태인 것이다. 의식이 없는 상태임을 이제야 깨달았던 것이다.

내가 그것을 알아차린 순간 가온이와 꽃들은 순식간에 사라졌고, 칠흑 같이 어두운 밤이 찾아와 눈앞에 보이는 거라곤 아무것도 없게 되었다. 알아차렸음에 나는 너무나도 두려웠고 어떻게 해야 할지 도무지 답을 알 수 없었다. 밤하늘 길게 늘어진 수평선 속 오로라가 나를 비출 때면, 이 세상에 혼자 남겨진 듯한 끔찍하고도 외로운 기분이 사무쳐 무서웠다.

"나를 기다리는 엄마 아빠가 너무 불쌍해."

"가온이는? 우리 가온이는 어떡해..."

"이대로 내가 영영 깨어나지 않으면 어쩌지?"

부정적인 생각들이 점차 늘어나 내 안을 잠식해 불안에 찌들어 밤을 버티는 나를 알 수 있었다. "...그럼 나는 현실에서는 의식이 없는 채로, 꿈속에선 의식이 있는 채로 평생을 이렇게 살아야 한다는 건가?" 하며 참을 수 없는 불안과 공포가 정말 순식간에 몰려오던 그때.

내 안 깊은 곳에서부터 찢어질 듯한 통증이 느껴졌다. 그것은 그냥 통증이 아니었다. 정말로 너무나 고통스러워 나는 내가 아는 모든 신에게 제발 살려달라며 손이 발이 되도록 빌고 또 빌 정도였으니까. ...내가 정말 무슨 죄를 지었길래 이리 되었는지도, 도대체 이유가 무엇이길래 이렇게 고통스러운지도 그저 아무것도 모른 채 고통에 신음하던 그때, 어딘가 익숙한 빛이 반짝였다.

그것은 매번 꿈에 나오던 그 빛의 형상을 띈 사람이었다. 뭐랄까, 그 빛을 바라보고 있자면 이상하게도 몸의 통증은 사라지고 마음이 무척이나 편안해지며, 마치 가온이와 함께 있는 듯한 느낌이 들었다. 나는 그 빛의 사람이 서 있는 설산 끝 봉우리에 올라갔고, 그 빛 앞에서 그만 주저앉아 엉엉 울고 말았다.

제발 나를 구해달라고, 나를 기다리는 소중한 사람들이 그만 슬프게 해달라고 하며 엉엉 울면서 신도, 부처도 아닌 그 빛의 사람에게 빌고 또 빌었다. 그렇게 그 시간, 나는 정말 몇 시간은 목놓아 울기만 할 뿐이었다. 그동안 너무 무서웠기에, 너무도 암담했기에 나는 빛의 사람의 옷자락을 잡고 눈물이 마를 때까지 울음을 그치지 못했다.

"...울지 말아라. 너의 아픔을 내가 안단다."

순간, 화악 하고 빛이 쏟아져 나오더니 주변이 밝아져 마치 대낮처럼 환해졌는데, 그와 동시에 내 앞에는 사람의 형상을 띈 그 빛이 아닌 처음 보는 중년의 여성이 서 있는 것을 볼 수 있었다. 솔직히 너무도 당황스러웠다. 정말로 처음 보는 사람이었지만 왠지 모르게 어딘가 익숙하고 너무도 편안한 느낌을 받았기 때문이다.

"...누구세요...?"

이윽고 그녀가 말했다.

"요새 가온이가 참 기뻐 보여서 안심이야. 내가 해주지 못한 것, 주지 못한 것들을 네가 주고 있었던 것을 알고 있단다."

그러더니 나를 일으켜 세워 눈을 맞추고선 뜨겁게 안아주시는 게 아닌가. 아아. 어쩜 이리도 따뜻한 품인가. 이대로 시간이 멈춰버려도 좋을 만한 그런 따스함에 눈이 감길 것만 같았다.

"아가, 알다시피 가온이는 지금껏 많이 힘들어했어. 그 아이는 사랑하는 사람을 잃는 순간에 자신이 할 수 있는 것이 아무것도 없음을 깨달았고, 그로 인해 많이 힘들어했어. 하지만 너의 경우는 다를 거야. 너에게는 너를 위해 무슨 일이라도 할 수 있는 가족이 옆에 있고, 또한 너를 믿고 있는 사람들이 있어. 그리고 그 중심에는 가온이가 있단다."

문득 궁금해졌다. 이 사람은 누구길래 우리 가온이를 이리도 잘 아는 것일까? 또 나는 왜 이렇게 안정이 되는 걸까. 나는 내 두 손을 꼬옥 잡고 있는 이 따스한 사람에게 물어봤다.

"...당신은 누구예요? 어째서 가온이를 알고 있는 건가요? 그리고 왜... 나를 이리도 편안하게 해주시나요."

천사라고 해도 믿을만한 미소를 띤 그녀는 이윽고 입을 열었다.

"가온이를 세상에서 제일 사랑하는 사람이자, 동시에 너희를 세상에서 제일로 축복하는 사람."

보았다. 나는 이제야 보았다. 가온이를 무척 닮았다 생각했던 저 갈색의 머리칼, 가온이의 따뜻한 눈매와 똑같은 두 눈. 무엇보다 직감으로 알 수 있었다. 이 사람이 바로 돌아가신 가온이의 어머니라는 것을.

"지금껏 지켜봐 왔단다. 네가 우리 가온이를 얼마나 행복하게 해주는지, 또 우리 가온이를 얼마나 웃게 만드는지. 말로 다 할 수 없을 만큼 고마워... 내가 해줬어야 할 것들을 네가 대신 해주고 있단다. 지금껏 내가 해주지 못한 것들을 대신 해준 것, 또 앞으로도 해줄 너에게 진심으로 감사해. 그리고... 우리 가온이를 믿고 맡길 수 있을 것 같아. 너와 너의 부모님은 아주 따뜻한 마음을 지녀서 그런지, 아줌마가 맘 놓고 가온이를 맡길 수 있을 것 같아. 우리 가온이... 행복하게 해줘서 고마워."

눈물이 흐른다. 이 사람의 말속에는 많은 후회와 슬픔이 섞여 있었기에, 또한 크나큰 진심이 담겨 있었기에 나는 있는 힘껏 그녀를 안아드렸다. 이 사람의 배경을 알기에, 얼마나 힘이 드셨을지와 얼마나 슬프셨을지 감히 알고 있기에 꼬옥 안아드렸다.

"한 가지만 약속해주겠니?"

나는 고개를 끄덕이며 귀를 기울였다.

"지금부터 아줌마가 선물 하나를 주려고 해. 그것은 어떤 이에게는 당연한 것일 수도, 어떤 이에게는 너무나 소중한 것일 수도 있지."

나는 그 말의 뜻을 잘 이해하지 못해 고개를 갸우뚱거리며 생각에 잠겼다. 그런 나의 머리를 쓰다듬으시는 아주머니.

"그것은 바로 삶이란다. 평범한 삶. 너는 나로 인해 다시 삶을 이어나가, 그 삶 속에서 내 소중한 아들 가온이를 한시도 쉬지 않고 미소 지을 수 있게 만들어줄 수 있겠니?"

떨려오던 손은 멈춘 채로, 안긴 몸은 더욱더 따뜻해진 채로 입을 열었다.

"있죠, 어느 날 갑자기 적막하고 고요한 제 세상에 성가온이라는 사람이 뚝 하고 떨어졌어요. 그 애는 저에게 많은 걸 바라지도, 요구하지도 않아요. 그저 제가 말하는 것은 천천히, 끝까지 들어주며 사랑스럽게 눈을 맞춰주고요. 달 따위와는 비교할 수 없을 정도로 예쁜 사람이라고... 제게 그렇게 말해주었어요. 저는 맹세할 수 있어요. 가온이가 앞으로 쭉 행복할 수 있도록 옆을 떠나지 않고 항상 웃음을 지켜줄 거예요. ...제 이름을 걸고 맹세할 수 있어요. 또 그 애의 행복은 저의 행복이기도 해요. 그러니 아주머니께서는요, 언제나처럼 우리를 지켜봐 주세요."

천사보다 눈부신 미소를 띤, 난로보다도 따뜻한 아주머니 품에 안긴 나는 점점 아주머니와 멀어지는 것이 느껴졌다. 그분은 마지막엔 대답이 없었지만, 이루 말할 수 없이 만족하는 표정으로 어서 원래 있던 곳으로 돌아가라는 듯한 얼굴을 끝으로 나에게서 멀어지셨다.

눈보라가 거세게 휘몰아치고, 점점 하늘로 올라가는 나를 알 수

있었다. 그러곤 순간, 화악 하고 빛이 번쩍이며 그토록 사무치던 추
위도, 그토록 외롭던 느낌도 전부 사라지며 잠이 깨는 느낌에 이윽
고 내가 사랑하는 사람들을 다시 한번 만날 수 있게 되었다.

20. 사랑하는 가온아, 우리는 행복해야만 해

길고 긴 잠에서 깨어난 나는 내 앞, 나의 소중한 사람들이 나를 보며 반가움에, 안심에 눈물을 흘리는 모습을 볼 수 있었다.

"하나코... 우리 아가... 일어나서 정말로 다행이야. 몸은 좀 어떠니?"

"언니... 이제 괜찮아."

"수술이 성공적으로 끝났대 누나, 이제 더는 힘들지 않을 거야."

부모님과 동생들이 마치 먼 곳으로 여행을 떠나 돌아온 이를 반겨주듯 누워 있는 나에게 위로의 말을 전했다. 나는 내가 다시 의식이 있는 상태로 숨을 쉬고 내가 사랑하는 사람들을 볼 수 있게 됐음에 감사한다. 돌아가신 가온이의 어머니, 그녀는 말 그대로 정말 나를 기적적으로 나아지게 해주셨다. 뭘 어떻게 하셨는지는 모르지만, 의사도 힘들어하던 내 상태가 호전되었다는 사실이 그녀가 행한 기적임을 증명해 준다.

이윽고 나는 퍼뜩 무언가가 떠오르듯 가온이가 너무나 보고 싶어져 치후유에게 물어봤다.

"치후유, 가온이는 어디 있어?"

가온이는 아직 내가 깨어난 사실을 모르고, 내 수술이 잘 안 되고 있을 때에 어떠한 일 때문에 지금은 휴게실에서 자고 있을 거라 말했다.

"...그게 어떤 일인데?"

그간 어떤 일이 있었는지 물어보자 엄마는 지난밤 가온이에게 있었던 일을 말해주셨다. 그 얘기를 듣고 있자니 그 아이가 나를 얼마나 소중하게 생각했으면 그랬을까, 또한 내 목숨은 나 혼자만의 목숨이 아닌 것을 깨달았다. 그러곤 눈물이 흘러나오기 시작했다. 만약 내가 잘못되었다면 우리 가온이도 잘못됐을 수 있다는 것이 아닌가. 가온이의 어머니는 나만을 살린 것이 아닌 가온이 또한 살리신 것이나 다름없다. 지금 이 순간도 그녀가 옆에 있을 거라 나는 생각한다.

그러는 새에 담당의와 간호사 몇 명이 들어와 나는 일어나려 했지만, 어째서인지 두 다리가 전혀 움직여지질 않았다. 일어나려는 나를 보는 엄마는 갑작스레 펑펑 울었고, 아빠는 결과야 어찌 되었든 살았다는 것에 감사할 뿐이라고 하셨으며 동생들은 바닥만을 보고 있었다. 나는 힘이 들어가지 않는 다리와 이 상황에 매우 당황하여 의사를 빤히 바라볼 뿐이었다.

"...악화되었던 폐 종양이 신경계로 퍼졌었습니다. 그로 인해 흉추에 문제가 생겨 앞으로 걷는 것에 어려움이 있을 것으로 보여 일어나신 환자분께 지금 알려드리려 왔습니다. 추후 재활 치료로 나아질 수는 있지만, 완전한 호전은 어렵다고 판단됩니다. ...저희는 최선을 다해 수술을 진행했으나 이미 흉추에 전이된 종양이 신경

계까지 영향을 끼쳐...”

아아, 아아... 나는 차마 입을 닫을 수 없었다. 이 무슨 청천벽력 같은 소린가. 내가 앞으로 걷는 것에 어려움이 있을 거라고는 생각조차 하지 못했는데... 휠체어를 타게 될 수도, 평생 목발을 짚게 될 수도 있는 이 후유증이 나는 너무나도 절망스러웠지만, 우리 가족들의 열성적인 보살핌과 가온이의 병간호, 결정적으로 기적이라 할 수 있는 가온이의 돌아가신 어머니께서 살린 나의 이 목숨을 부지할 수 있다는 것에 그나마 감사해야 한다는 생각이 들었다.

무엇보다 내가 이대로 절망해 버린다면, 나를 살아가게 해준 많은 이들은 나보다도 더 막심한 절망에 빠질 것을 알아버렸기에 나는 그저 살아갈 수 있음에 감사하기로 마음 굳게 먹었다. ...그렇게 할 수밖에 없었다. 그러고서 이내 입을 열어 적막한 침묵을 깼다.

”엄마, 아빠. 저는 말 그대로 죽을 수도 있었어요. 저도 그것을 너무나 잘 알고 있어요. ...그럼에도 그런 저에게 어떠한 기적이 일어났기에, 아직 그것을 잘 설명할 수 없지만... 그리고 저를 담당한 의료진분들의 헌신적인 수술로 인해서, 마지막으로 우리 가온이와 엄마 아빠의 병간호로 인해서 내가 이렇게 다시 일어날 수 있게 된 것이 아닐까요? ...지금의 저는 살아 숨 쉴 수 있음에 감사하고, 또한 그것만으로 만족해요. 다시는 이 세상에서 호흡하지 못할 뻔한 제가 기적적으로 살아갈 기회가 주어졌잖아요? 그러니 엄마도, 아빠도 막연히 절망하지 말아주세요. 저도 그러지 않을 거예요... 진

심으로 약속해요.“

　내 말을 들은 엄마와 아빠는 이내 눈물을 흘리며 나를 세게 안아주셨다. 동생들도 말이다. 그리고 이제는, 무엇보다 정말 가온이가 너무 보고 싶어졌다. 아직 내가 깨어난 사실을 모르고 있는 그 애를 어서 가서 꼬옥 안아주고 싶었기에 나는 간호사에게 휠체어를 부탁했다. 엄마와 아빠는 아직 누워 있으라 하셨지만 나는 이제는 진심으로 가온이를 미치도록 안아주고 싶었기에, 간호사가 가져온 휠체어를 타고 이윽고 가온이가 있는 휴게실로 향했다.

　일부러 혼자 휠체어를 끌었다. 가온이를 보면 당장이라도 눈물이 터질 것 같았기에. 지금 내 상태가 어찌 되었든 또다시 그 애를 만날 수 있다는 사실이 너무나 벅차도록 감사했기 때문에, 그 느낌을 나와 그 아이만 느낄 수 있도록 일부러 혼자 휴게실로 향했다. 간호사가 휴게실 앞까지 끌어준다는 것을 극구 반대하고 엘리베이터 앞까지만 부탁했다.

　“그 애를, 가온이를 다시 볼 수 있게 되다니. ...어떤 인사를 건네면 좋을까?”

　생각으로 가득 찬 머리, 그렇게 휴게실로 향하던 중 누군가가 내 뒤에서 갑자기 말을 걸어왔다. 인사도 질문도 아닌 어떤 문장을 읊듯 하는 한 사람의 목소리가 이내 나를 멈춰 세웠다.

　“어제 보았던 달 속에 마치 네가 있을 것만 같아서 나 또한 달을 향해, 달보다 더 높은 곳을 향해 가려고 했어.”

...그 말을 듣고 있자니 나는 내 안, 점점 뜨거운 무언가가 일렁이는 것이 느껴지기 시작했다.

"그런데 그곳엔 네가 없다며, 누군가가 내게 알려주며 이윽고 달을 앞둔 나를 막아 세웠어."

이내 뜨거운 무언가가 점점 흐르기 시작했다.

"있잖아, 오늘은 달이 아주 크게 뜰 거래. 그날 밤, 달보다 네가 더욱더 아름답다고 내가 분명히 말했잖아."

비로소 나는 눈물을 멈출 수 없게 되었다.

"...우리 오늘은 달을 보러 가자. 그 예쁜 달을 따서 너에게 줄게, 그 높은 별을 가져와 너를 밝힐 거야."

흐르던 눈물은 멈추고 차가운 공기가 이내 사그라들었다.

"오늘 밤, 달 아래에서 나의 희망을 받아주세요."

그 말을 끝으로, 난 덮인 담요를 꾸욱 쥐며 천천히 휠체어 방향을 뒤로 틀었다. 그 순간, 주변 모든 소리가 멈췄고 주변 모든 것이 보이지 않게 되었다. 그 가운데에 보이는 것은 사랑하는 나의 가온, 성가온이 있었다.

"...어서 와. 내 사랑하는 꽃의 사람아."

올려다보는, 내려다보는 눈동자가 이내 움직이기도 전에 나를 번쩍 하고 안아 올려 눈을 맞춘 가온이는 울지도, 슬픈 표정을 짓지도 않았다. 내가 반한 그 미소를 띤 이 소년은 세상을 비출만한 미소로서 다시금 돌아온 나를 반겨주며 작게 귓가에 속삭였다.

"나의 심장을 뛰게 해주는 너를 잃는 건, 나의 세상이 허락하지 않았어. 내 미소를 번지게 해주는 네가 떠나는 것은 우리를 비추던 달이 허락하지 않았기에, 이 순간 우리가 다시 눈을 맞출 수 있게 된 거야."

응, 내가 이 미소에 반한거야. 내가 얼마나 바랐는데. 내가 얼마나 염원했는데... 나를 바라보는 저 아이의 큰 눈동자 속 우주를, 나를 비춰주는 저 아이의 미소 안의 행복을, 그리고... 나를 살게 하는 저 아이의 따뜻한 마음을 어찌나 바라고 또 바래왔는지 이 아이는 절대로 모를 거야. 길고 긴, 춥디추운 꿈속에서도 저 아이만을 바래왔던 나의 이 희망을 말야. 누가 쳐다보든 누군가가 웃든 우리는 전혀 신경 쓰지 않고서 서로를 꼬옥 끌어안아 다시 만난 우리를 우리 스스로가 축복하고 있었다.

"가온아. 나 꿈에서도 너를 잊지 않았어. 참 보고 싶었고 다시금 느끼고 싶었어. 내 안 깊은 곳까지 환하게 밝혀주는 너의 미소를."

가온이는 나를 안고 휴게실 안으로 들어가 눕히더니 이내 말을 꺼냈다.

"하나코, 네가 의식이 없을 때에 나는 얼마나 많은 기도를 했는지 모르겠어. 신도 부처도 아닌 돌아가신 우리 엄마에게 말야."

아아, 나는 정말 그녀가 아들이 드리는 기도를 줄곧 듣고 있었다는 사실과 나의 이 바람을 알고 계셨던 것임을 지금 이 순간 다시금 깨닫게 되었다.

"가온아, 이건 비밀인데..."

조용히 가온이의 귓가에 속삭였다.

"있지? 꿈속에서 나는 너무나 고마운 사람을 만났어. 그 사람은 세상에서 제일, 어쩌면 나보다도 더 너를 사랑하는 사람인데, 그분은 나와 우리 가족을 만나 행복해하는 가온이 너를 지금껏 보고 계셨고. 나를 살려달라는 가온이 너의 기도를 들으셨으며, 부디 네가 울지 않게 해달라는 나의 간절한 기도 또한 듣고 계셨어. ...아마 지금도 우리의 옆에 계셔, 우리의 말 또한 듣고 계실 거야. 가온이 너를 세상에서 제일 사랑했던 한 사람이 지금의 너를 세상에서 제일 행복하게 해줄 수 있는 나에게 새 삶을 선물해 준 것을 알고 있니? 가온아, 너희 어머니는 우리의 곁에서 정말로 살아계실 거야. 차마 네가 슬퍼하는 모습을 더는 볼 수 없으셨던 네 어머니께서는, 지금 너를 제일 사랑하는 나를 살려내어 다시 네가 웃을 수 있도록 해주신 거야."

내 손을 잡아주던 가온이는 슬프게 흐느끼고 있었다. 나는 그런 가온이의 뺨에 손을 가져다 대어 흐르는 눈물을 닦아주며 말을 이어나갔다.

"사랑하는 가온아, 우리는 행복해야만 해. 네 어머니께서는 우리의 행복을 원하시고, 나는 네 행복을 원해, 또한 너는 나의 행복을 원하고. 그러니 우리 말야... 어머니께 선물을 하나 드리자. 네가 나를, 내가 너를 매 순간 웃게 만드는 거야. 정말 매 순간을 행복에

겨워 미소 짓게 만드는 거야. 우리가 행복함에 웃는 것을 보는 게 분명 네 어머니께서 바라는 모습일 거야."

말 그대로 우린 가온이의 어머니로 인해 다시 웃으며 살아가게 된 것. 평생 가도 못 갚을 은혜를, 선물을 받은 것이니 그런 과분한 축복 아래 우리는 우리를 살리신 그녀를 위해 매 순간을 행복에 살아가자며 다짐했다.

어쩌면 망상일 수도, 어쩌면 그저 꿈일 수도, 아니면 생사를 오가는 순간에 본 허상일 수 있다고 말해도 괜찮다. 그러나 나와 가온이만은 확실히 알고 있어. 나를, 가온이를 살린 그녀의 기적이 아직까지 생생하니까. 당장이라도 그녀가 보일 듯하게 너무도 생생하니까. 죽어서도 아들의 행복을 바라며 영혼으로서 곁을 지키는 그녀가 나는 너무도 애틋하고, 너무나도 행복하게 해드리고 싶은 마음뿐이다.

이윽고 우리는 유난히 따뜻한 서로의 손을 잡고는, 유난히 뜨거운 눈물을 한없이 흘리며 살아가자고, 다른 무엇도 아닌 우리와 우리의 천사를 위해 행복하게 살아가자고 다짐하였다.

언제나 시련은 있을 수 있다, 분명히. 삶 속에는 순간의 행복과 순간의 시련이 수도 없이 우리를 찾아오는데, 살아감에 감사함을 알게 된 우리는 그 어떤 시련과 어려움이 닥쳐도 삶을 새로이 선물해 준 어떤 이의 바람을 곧 우리의 바람으로 여기며 지켜나갈 것을 맹세한다. 시련이 있다는 것은 변화될 기회가 있다는 것. 시련을 이

겨내어 굳게 행복할 우리의 거대한 흐름은 이미 시작되었다. 이미
그 따뜻한 흐름은 우리 안에서 흐르고 있다.

21. 올려다 보는, 내려다 보는 눈동자가 이내 움직이기 전에

꿈을 꾸었다. 노란색 꽃이 만개한 설산을 걷는 꿈. 그 몽환적인 공간에는 내가 세상에서 제일 사랑하는 엄마가 환하게 웃으며 나를 반겼다.

"내 아들 가온아, 엄마는 있지? 엄마의 숨이 멎는 그 순간마저도 너의 행복을 바랐어. 어떻게 하면 이 차가운 세상에 혼자 남겨진 너를 웃게 할 수 있을까, 어떻게 하면 이 각박한 세상 속 혼자인 너를 행복하게 해줄 수 있을까 하며 계속 풀리지 않는 문제를 끌어안고 어둠 속에 있었단다."

"그러다 어느 순간 빛이 밝아지듯 문제가 풀어졌어. 지금껏 너를 보살피고 있는 고마운 이들을 기적처럼 만난 것과 엄마가 주지 못한 사랑을 주고 있는 그 아이를 만난 것을 보며 어둠이 걷혀졌어. 엄마로서, 너를 세상에서 제일 사랑하는 존재로서 늦게나마 네가 찾은 행복을 지켜주는 것이 이 문제의 답이었다는 것을 알게 되었단다."

"엄마는 앞으로도 계속 너희와 가까운 곳에서 조용히, 조심히 너희의 행복을 지켜볼 거야. ....후지산을 같이 보는 순간마저도 말이야."

안아주며 말씀하시던 엄마의 마지막 음성을 끝으로 나는 잠에서 깨어났다. 이윽고 눈에 보이는 것은 하얀 벽과 간이 침대. 휴게실이었다. 복도로 나가 하나코의 병실 번호를 기억하며 곧장 향하려던 그 순간에 익숙한 뒷모습이 보였다.

정말 귀여운 단발머리에 조금은 야위었지만 귀여운 체구, 그녀의 생일날 우리의 행복을 빌며 서로 걸어주었던 목걸이가 걸린 뒷목. 나의 사랑하는 하나코가 두리번거리며 휠체어를 끌고 있던 것을 보자 시야에 들어오는 것은 오로지 그녀였다. 들리는 것은 기쁨에 벅찬 나의 거친 숨소리. 보이는 것은 그 어느 때보다도 보고 싶었던 나의 끝사랑.

어떻게 말을 걸어야 할지, 돌아온 그녀를 위해 어떤 말을 해야 할지 고민하다가 우리가 유난히 달을 좋아한다는 사실을 기억하고서 이내 천천히 그녀의 뒤로 걸어가 말을 걸었다.

"어제 보았던 달 속에 마치 네가 있을 것만 같아서 나 또한 달을 향해, 달보다 더 높은 곳을 향해 가려고 했어. ....그런데 그곳엔 네가 없다며 누군가가 내게 알려주더니 이윽고 달을 앞둔 나를 막아 세웠어."

"그 예쁜 달을 따서 너에게 줄게, 그 높은 별을 가져와 너를 밝힐게. 오늘 밤, 그 동산의 달 아래에서 나의 희망을 받아줄래?"

그녀는 울고 있었지만, 환한 미소를 짓고 있었다. 온 세상 눈을 전부 녹일만한 봄날의 태양과도 같은 미소를. ....응, 내가 저 표정에 반한 거야. 이윽고 나를 찾아 바라보며 짓는 저 아이의 기쁜 표정.

이내 나는 그 아이를 번쩍 들어 안아 볼에 입을 맞춘 후 귓가에 속삭였다.

"딱 한 번만 너를 안아 올려 눈을 맞출 수만 있다면. …나의 그 바람이 드디어 이루어졌어. 내 사랑아."

슬픔의 눈물과는 맛이 달랐다. 기쁨을 주체 못 해 벅차게 흘러내리는 눈물의 맛은 내 안의 모든 것을 자극하듯이, 온전히 그녀를 느끼듯이 은은하게 흐르는 행복의 맛이 느껴졌다.

세상아, 우리는 이렇게 다시 만났다. 기어이, 기어코 우리가 다시 만났어. 세상아, 우리를 가로막으려 했지만, 이윽고 우리가 눈을 맞출 때면 각박한 너도 감히 우리를 어찌 못하는 걸 느끼지 않니?

엄마, 엄마는 우리의 은인이자 아마도 천사가 된 것이 아닐까? 엄마, 엄마가 주지 못한 것을 이어서 주고 있는 이 아이를 살린 것은 어쩌면 천사의 힘이 아닐까? 보란 듯이 웃어 보였다. 그녀가 좋아하는 나의 이 미소를 보란 듯이 마음껏 웃어 보였다. 우리를 괴롭혔던 세상이 미치도록 질투하도록, 우리를 내려다보던 달이 밤을 비출만한 미소를 짓도록.

올려다보는, 내려다보는 눈동자가 이내 움직이기도 전에 서로의 눈물이 뺨에 묻을 정도로 꼬옥 끌어안았더니 그 공간과 시간 속엔 비로소 우리만이 존재할 뿐이었다. 나는 맹세한다. 평생토록 이 아이를 지켜줄 것을. 또한 이 아이에게 어떠한 시련이 다시 닥쳐와도 이 작은 꽃이 시들지 않게 해주기로 마음 깊이 다짐했다.

오늘은 달이 유독 크게 뜬다고 한다. 다시금 달 아래 비춰진 꽃을 볼 수 있다고 한다. 달아, 크고 둥근 달아. 네가 아무리 아름답게 떠 있다 한들 내 앞의 꽃보다는 덜 아름다울걸? 비록 너보다 낮은 곳에 있어도 높게 걸린 너마저도 우리를 비춰주잖아. 응, 우리 사랑은 달 아래에서, 그래, 우리 인연은 달보다 위에서 찬란하게 빛나는 것임을 세상에게 알려주고 싶다. 세상에게 자랑하고 싶다.

앞으로 힘든 순간도 많이 있겠지. 그러나 기쁜 순간들이 훨씬 더 많을 것을 안다. 걷지 못하면 뭐 어때? 내가 너의 두 다리가 되어주면 그만인데. 날지 못한대도 뭐 어때? 우리의 꿈에서 실컷 날아오르면 되잖아.

10년은 너를 웃게 만들 것이고, 20년은 너를 지탱해 줄 거야. 30년은 함께 껴안을 것이고 나머지 시간에는 전부, 그래 나의 전부와 너의 전부를 우리가 지나온 삶의 가장 예뻤던 순간들 속 꽉 차게 끼워 넣을 거야. 비로소 시작 되었음을 안다. 우리의 시간이 이제야 시작 되었음을 안다. 그러나 그것을 저 달만 알고 있었으면 좋겠다. 매일 밤 우리가 달을 찾아갈 때, 흐르는 우리의 시간을 조용히 감상해 주었으면 한다. 감히 영원을 꿈꾸는 우리를 살며시 응원해 주었으면 한다.

22. 축복하기 위해 은하수를 빌려왔어

나는 성가온, 7년째 일본에 거주 중인 한국인이다. 나의 아내 야마노 하나코와 함께 도쿄의 장애인 복지 기관에서 일을 하는 중에 있다. 하나코는 다리가 불편하다. 몇 년 전 병으로 인해 다리의 힘을 잃어 한순간에 장애인이 된 하나코는 자신과 같은 생활이 조금 어려운 이들을 위해 장애 복지 기관에 꿈을 두었다. 나 또한 그녀의 뜻과 같았고, 무엇보다 하나코와 함께 일을 할 수 있다는 것 자체가 좋았기에 몇 년째 기관에서 근무 중이다. 참으로 천성이 고운 하나코는 자신과 같이 어려운 이들을 위해 진심을 다해 치료를 돕고, 극복을 함께 도와주는 일을 천직이라 여기며 근무를 한다.

일 년에 세 번, 정기적으로 나와 하나코는 한국으로 여행을 가는데, 워낙에 그녀가 한국을 좋아하기도 하고 여행의 진실된 의의는 다름 아닌 돌아가신 엄마의 유골이 안치된 납골당에 가 얼굴을 비추는 것이다. 가끔씩 꿈에 엄마가 나올 때가 있다. 언제 꾸어도 같은 내용의 꿈. 금영화가 가득 핀 설산에서 엄마가 아주 환하게 웃으며 내게 다가와 한가득 안아주시며 산속 꽃의 아이를 축복하는 말씀을 해주시는 꿈.

야마노 하나코, 직역하면 '산속 꽃의 아이'라는 뜻의 이름을 가진 그녀는 정말 이름 그대로 그 설산. 그래, 우리의 산 후지산에 있었을 때는 정말로 산속에 핀 꽃과도 같아 보였다.

"허억... 허억..."

"조금만 더! 거의 다 왔습니다...! 남편 되실 분 정말 대단해요. 조금만 더 힘내주세요!"

"가온아... 괜찮아? 케이블카 같은 거라도 있으면 얼마나 좋았을까."

"에이... 괜찮아! 처음부터 내가 계획한 거잖아."

"허억, 허억... 내 자네 같은 젊은이는 처음 보네. 아주 낭만이 있어."

지금 내가 어디에 있는지 아는가? 내가 어디서 어디를 오르고 있는지 짐작이 가는가? 나의 어릴 때의 꿈이 잠들어 있는 산이자 엄마의 바람이 물든 산, 나와 산속 꽃의 아이만의 그 설산. 무려 우리의 후지산을 오르는 중에 있다. 산행길 중 하나인 요시다 루트를 통해 등반을 하고 있는데, 일원은 나와 하나코, 야마노 일가와 후지산 등반 가이드분들, 그리고 웨딩 사진 촬영팀 분들까지 총 열여섯 명 정도가 나와 하나코의 웨딩 촬영을 위해 오르는 중이다.

하나코는 다리가 불편한 아이인 것을 알고 있을 것이다. 그러나 나만큼이나 하나코 또한 후지산을 오르고 싶어 했었다. 죽기 전 후지산을 오르는 나의 소원을 들어주기 위해, 그리고 우리 부부의 소중한 웨딩 촬영을 이곳에서 찍기 위해, 지금도 곁에 계시는 우리의 천사이자 은인인 엄마에게도 후지산의 풍경을 보여드리기 위해 그 아이는 나만큼이나 후지산을 오르고 싶어 했다. 오르고 싶어 했기에, 그러나 자신의 다리로 오를 수 없기에 나는 결심을 했다.

평생을 함께할 내 여자를 업은 채 후지산에서 아래의 풍경과 산봉우리, 운해라고 불리는 구름바다가 가장 잘 보인다는 토리이소까지 올라 그곳에서 웨딩 촬영을 하는 계획을 결심했다. 그러곤 실행에 옮겼다. 실제로. 사실 이 순간이 오기 전까지는 상상할 수 없었다. 꿈속의 꿈처럼 몽환적인 풍경을 말이다. 아아... 이리도, 이리도 아름다웠구나. 책에서 보던 것과는 비교조차 할 수 없이... 무척이나 아름답고, 애틋하리만치 푸욱 쌓인 눈꽃송이가 가득한 우리의 후지산은 이리도 아름다웠구나. 이 곳을 함께 오르는 내 평생을 함께할 하나코 또한 같은 생각일 것이다.

"하나코, 나는 막연하게 이 순간이 오기는 할까 라고 생각했었어. 마음속으론 후지산을 가야지, 언젠가는. 엄마에게도 보여줘야지 했지만 내가 이렇게 꿈에 그리던 이곳을 실제로 오를 수 있게 된 것은 다름 아닌 네 덕분이야."

"가온아..."

"7년 전, 지금같이 추웠던 그 꼭두새벽에서의 첫 만남. ...그로부터 우리, 정말로 예뻤던 나날들이 눈에 선하게 그려지는 거 있지?"

이윽고 입을 여는 나.

"너를 업고 오르는 후지산이니, 그냥 오르는 것보다 더 가치가 있고, 더욱더 아름다움이 체감이 되네."

"...가온아, 우리가 이렇게 우리의 산을 오를 수 있게 된 것은 내 덕분만은 아니야. 어느 날, 적막했던 내 세상에, 고요하고 아무것도 없던 내 세상에 가온이 네가 뚝 하고 떨어졌을 때. 그때부터 예견되어 있던 거야 이 순간은. 우리가 만나온 장장 7년간 단 한 번도 나를 놓지 않은 오빠였기에, 그 덕에 이 순간이 정말로 오게 된 거야."

드디어 도착지인 토리이소에 왔을 때는 보라빛과 황금빛의 노을이 섞여 이 세상의 모습이 아닌 어딘가를 떠올리게 하는 그런 황홀경의 하늘이 펼쳐지고 있었다. 저 멀리 보이는 요코하마 도시의 반짝거림과 녹지 않은 눈들이 덮인 봉우리의 나열됨, 지고 있는 거대한 태양. 그 모든 것들이 나와 이 아이로 하여금 광활하게 펼쳐지고 있었다.

두 손 한가득 큰 손과 작은 손을 서로 꼬옥 쥐고선 황홀경을 배경으로 우리의 영원을 함께하자는 의미의 키스를 셔터가 몇 번이나 반복되어 울릴 때까지 계속했다. 의상팀이 가져온 웨딩드레스를 입은 채로 내게 안겨 꽃다발을 내 머리 뒤로 뻗은, 한가득 나를 안아 몸을 맡긴 소녀가 기뻐 눈물 흘리고, 야마노 일가가 준비한 정장을 입고 그 소녀를 안아 올려 눈을 맞춘 채 한가득 기쁨의 미소를 짓는 내가 행복의 함성을 내지를 때. 그때였다. 그제야 우리를 축복하는 피날레가 펼쳐진 것이다.

장담컨대 우리를 축복하기 위해 현현한 것이리라. 등산 전문가들도 운이 좋아야 볼 수 있다던 푸른 빛의 은하수가 후지산을 아래로 그 푸르름을 머금고서 펼쳐지고 있었다. 그 은하수의 빛깔 아래 보라색 하늘의 배경을 한껏 머금고서 서로에게 입을 맞춰 껴안은 우리의 웨딩 사진이 몇십 장이나 찍히고 나서야 우리는 우리의 천사를 볼 수 있었다.

...그래, 정말로 눈에 보였던 것이다. 지금은 돌아가신 엄마, 유선화의 모습이. 고운 흰색의 드레스를 입고서 몸의 아우라는 노란 빛을 머금은 채로 토리이소 봉우리 끝자락에 서 있던 엄마의 환영 같은 모습을 보고야 만 우리는 눈물을 흘리며 입을 열었다. 다른 이들이 토리이소의 산장 안에 들어가 있었기에 망정이지, 누가 보면 허공에 말하는 것으로 보였으리라.

그때 우리가 본 엄마의 모습은 보는 이로 하여금 오열하게끔, 그러나 그리움은 사라지게끔, 그리고 산의 오염을 치유할만한, 저 하늘의 은하수를 다 머금을 만한, 설산의 눈을 전부 다 녹일 것 같은 그러한 참된 미소를 지으며 우리를 향해 눈물지어 웃어 보이고 계셨다. 그 순간에, 우리는 누구 먼저 할 것 없이 말했다. 그래, 떨어지지 않는 입을 겨우 열어낸 것이다.

”우리의 천사여, 결국은 해피엔딩입니다.“

그러곤 나는 나지막이 엄마를 향해 소리쳐 다시 만난다면 하고 싶었던 말들을 전부 토해내듯 이어나갔다.

”어렴풋이 알고 있었어요. 언제나 나의 곁에 머무르고 계셨다는 것을. 엄마, 아들은 이제 곧 결혼을 합니다. 엄마가 살려주신 목

숨을 지닌 이 아이와 함께 영원을 맹세하기로 했어요. ...보고 싶었어요, 엄마가 저토록 환하게 웃는 미소를요. 감사하고, 또 사랑해요. 세상에서 제일 사랑하는 존재가 당신인 것을 알고 계실 줄 믿습니다.“

그랬더니, 그랬더니 엄마는... 우리의 천사는 봉우리 끝자락에서 있지 않았다. 순간 빛이 없어지듯 사라져 당황한 우리는 주변을 둘러보다가, 그제야, 그제야 알아차릴 수 있었다. 소녀를 안고 있는 나의, 그래, 우리의 등 뒤에서 언제 오셨는지 우리를 뒤에서 안아주시며 빛이 우릴 감싸게 되자 말 몇천 마디를 대신할 짧은 음성을 나지막이 들려주셨다.

“엄마는 아기를 울리지 않아. 내 아들 딸을 축복해주기 위해 저위에 펼쳐진 은하수를 빌려왔어. 이렇듯 항상 엄마는 너희 곁에 있어. 은하수 빛을 걸고 맹세할 수 있단다. 진심으로 너희를 축복해, 엄마는 내 아이들을 언제나, 앞으로도 깊이 사랑하고 있어.“

...왜인지 눈물은 나오지 않았다. 마지막 말을 끝으로 빛은 꺼졌지만 이상하게도 우리의 마음은 너무나 뜨거웠었다. 나도, 하나코도 말이다. 황금빛 하늘이 저물어 간다. 저 하늘의 색깔을 닮은 이 감정을 지금 나는 산속 꽃의 아이에게 말해주려 한다. 그래, 몇 년이 지나도 녹슬지 않는 그 말을.

“...그날 본 달 아래에 서 있던 너는 달 따위와 비교할 수 없을 정도로 아름다웠어. 그런 너를 나는 진심으로 사랑해. 세상의 언어로는 표현 못 할 나의 이 마음을 너는 알까?”

뜨거운 마음을 몰래 숨죽이던 산속 꽃의 아이는 나지막이 입을 열었다.

“이보다 더한 행복은 없을 거야 가온아. 너와 나의 영원을 우리의 천사가 축복해 주는 이 자리에서 나는 네게 진실되게 말할 수 있어. 그날 달보다 예쁜 나를 칭찬해준 건 다름 아닌 나의 가온이라고. 달보다 예쁜 나보다도 더 아름다운 그 갈색 머리칼과 고운 눈매를 가진 너를 내가 세상에서 제일 깊게 사랑했다고. ...앞으로도 눈 감는 그날까지 나는 하염없이 너만을 사랑할 거라고. 눈 감은 후에는 우리만의 천사가 있는 곳에서 다시 만나 진정 영원토록 행복에 잠기며 그렇게, 별이 되어 살아갈 거라고...”

스물여섯의 금영화를 닮은 여자와 스물일곱의 후지산을 머금은 남자의, 세상에서 제일로 깊고 아름다운 사랑을 후지의 모든 것들이 축복하는 역사가 쓰인 날. 둘이 만난 지 7년 만에 그들의 고향 이곳, 야마나시 현의 고후에서. 신겐 동상의 불빛이 다 꺼질 때쯤에 그들 사랑의 역사가 비로소 기록되었다. 동시에 부부의 연을 맺은 둘과 한 명의 아이의 이야기가 시작될 것을 고후가 알려주고 있었다. 저 멀리 꿈의 설산, 후지산이 알려주고 있었다.

나의 희망을 받아주세요

후지산의 달 아래, 우리가 나눈 기적에 대하여

초판 발행 2026년 2월 23일

지은이 백준혁

발행인 정유진
발행처 노북(no book)
주 소 서울특별시 서초구 강남대로53길 8 11층
전 화 050-71319-8560
팩 스 050-4211-8560
출판등록일 2018년 7월 27일
등록번호 제2018-000072호
E-mail nonbookorea@gmail.com

ISBN 979-11-90462-83-9 [03810]